我发现哥伦布了

I Discover Columbus

［美］罗伯特·罗素◎著　木　瓜◎译

中国妇女出版社

图书在版编目（CIP）数据

我发现哥伦布了 /（美）罗伯特·罗素（Robert Lawson）著；木瓜译. --北京：中国妇女出版社，2016.7（2024.3重印）

ISBN 978-7-5127-1299-7

Ⅰ.①我… Ⅱ.①罗… ②木… Ⅲ.①儿童文学—图画故事—美国—现代 Ⅳ.①I712.85

中国版本图书馆CIP数据核字（2016）第116973号

我发现哥伦布了

作　　者：〔美〕罗伯特·罗素　著　木瓜　译
责任编辑：陈元
插图上色：金葆工作室
封面设计：尚世视觉
责任印制：李志国
出版发行：中国妇女出版社
地　　址：北京市东城区史家胡同甲24号　　**邮政编码：**100010
电　　话：（010）65133160（发行部）　　65133161（邮购）
经　　销：各地新华书店
印　　刷：天津旭丰源印刷有限公司
开　　本：185×260　1/16
印　　张：6.5
字　　数：60千字
版　　次：2016年7月第1版
印　　次：2024年3月第2次
书　　号：ISBN 978-7-5127-1299-7
定　　价：59.80元

序

葛翠琳
著名儿童文学作家
冰心奖评委会副主席兼秘书长

你知道罗伯特·罗素吗？他可是现代儿童文学史上著名的作家，曾荣获“纽伯瑞儿童文学奖”“凯迪克奖”两项国际大奖。

这里简略介绍他的作品：

罗伯特·罗素作品集是浪漫主义色彩浓厚而又充满人文情怀的优秀读物。罗伯特总是从独特的视角，将人与动物之间的故事，阐述得妙趣横生、十分精彩，令读者久久难以忘怀。

例如，哥伦布发现新大陆已是世人皆知的故事，但罗伯特在《我发现哥伦布了》一书中，却把著名航海家哥伦布描写成“晕船上将”，趣事连连，并借鹦鹉的口尽情嘲笑讥讽殖民者。在《利维尔和我》中，笑称英国皇家士兵是“红虾兵”。在《基德船长的猫》中，老猫麦克见证了威廉·基德沦为英国皇室与议会政治斗争牺牲品的全过程，全书充满了怜惜之情。

罗伯特善于在作品中颂扬劳动人民的优秀品质，如勤劳、善良、勇敢、纯朴等，每一个细节都给人留下了深刻的印象。在《兔子坡》中，新人家辛勤地劳作，克服种种困难，在丰足的收获过程中让自己和小动物们都感受到快乐和温馨。在《艰难的冬季》一书里，小兔乔奇不仅照料生病的父亲，还尽力帮助好友渡过了难关。

《尾巴的故事》则告诉孩子们不要自卑，世上万物皆有各自的特点和长处，适合自己的就是最好的，不必盲目地追求像别人一样。在《本和我》中，又特别强调了脚踏实地、坚持自我的重要性。这些富有哲理的启示，让读者深受感动。

罗伯特运用幽默、生动的语言塑造性格鲜明的人物，寓意深刻，构思奇特，作品不仅歌颂了人类的美好品德，也讽刺了贪婪自私的丑恶行径。

罗伯特的作品必将吸引、感动广大的中国读者，并成为孩子们成长路上的伙伴。

还有，这套精美的书会让大家在阅读过程中，不仅能享受文字的精彩，还会欣赏到美妙生动的画面和形象，使你仿佛身临其境，一起经历书中的一切。而这些感人传神的插图，也是作者本人完成的，令人忍不住惊叹！

从某种意义上说，认真阅读罗伯特·罗素作品的人，真是幸运儿呢！

关于作者

1892年10月4日，罗伯特·罗素在纽约出生，于新泽西的蒙特克莱尔度过童年。罗素从高中起，便对艺术产生了浓厚的兴趣，并决定高中毕业后去纽约美术与应用艺术学院，即现在的帕森斯设计学院学习插画。

毕业后，罗素作为商业艺术家工作了很多年。1914年，罗素的插画作品发表在《哈珀周刊》上。这是他的作品第一次公开发表，为他以后多产和卓越的艺术生涯奠定了基础。1931年，美国蚀刻师协会将泰勒·阿姆斯奖颁给了他，以表彰他在蚀刻方面做出的卓越贡献。

第一次世界大战服役结束后，罗素开始为儿童图书绘制插图，其中包括罗曼·里夫的古典文学作品《费迪南德的故事》，理查德和佛洛伦斯·艾特瓦特的《波普先生的企鹅》。后来，罗素不再满足于为他人的图书绘制插图，开始了自己的文学创作。罗素想象力丰富，提出通过一只动物小伙伴的视角，讲述本杰明·富兰克林发明编年史的创意。1939年，他用这个创意写出了人生第一部作品《本和我》，并绘制了插图。

1941年，罗素被授予了儿童绘本图书的最高奖项——凯迪克奖，获奖作品是《他们坚强而善良》。该书用简单的话语和生动的插图，向读者描绘了一个美国家庭在历史的变迁中所经历的故事。同年，他还出版了以鹦鹉为主人公，讲述航海家哥伦布发现新大陆过程的《我发现哥伦布了》一书，同样获得了好评。

1945年，罗素获得了纽伯瑞儿童文学奖，获奖作品是《兔子坡》。这个奖项主要表彰对儿童文学做出卓越贡献的人。《兔子坡》的灵感来自罗素家乡一个名叫“兔子坡”的地方，描绘了一个人与动物和谐相处的美好故事。获奖之后，罗素还将自己位于康涅狄格州的家命名为“兔子坡”。

罗素是第一个也是至今唯一一个既被授予“凯迪克奖”又获得过“纽伯瑞儿童文学奖”的人。因为在他的作品中，他既是作家又是插画家，他所有图书都带有自己绘制的插图。

在这之后，罗素又陆续创作出《尾巴的故事》《麦克维尼先生的旅行》《利维尔和我》《艰难的冬季》《基德船长的猫》。1957年，罗伯特·罗素在美国康涅狄格州韦斯特波特的家中辞世，享年66岁。他留下来的文学瑰宝不断地激励着教育工作者、作家和艺术家，并使不同年龄段的孩子为之着迷。《纽约时报》曾对罗素评价道：“罗伯特·罗素给所有年龄段的孩子，创造了一个充满新鲜、活力和奇思妙想的世界。”

关于纽伯瑞儿童文学奖

为纪念儿童文学创始人约翰·纽伯瑞，1921年，美国出版人弗雷德里克·梅尔彻向美国图书馆协会提出设立一个奖励儿童图书和作者的奖项——纽伯瑞儿童文学奖。美国图书馆协会批准了梅尔彻的提议，并于1922年，由美国图书馆协会分支机构——儿童服务分会颁发了第一届纽伯瑞儿童文学奖。第一届获奖者是荷兰裔美国作家亨德里克·威廉·房龙，获奖作品是《人类的故事》。

纽伯瑞儿童文学奖是世界上第一个专为儿童图书设立的奖项，旨在鼓励儿童图书作者的创作，向读者宣传儿童文学的地位，以及为更多的儿童文学作家提供创作机会。该奖涉及的作品内容十分广泛，无论是小说、诗歌，还是其他文学体裁，都可以参与竞争纽伯瑞儿童文学奖。但它也有一些条件限制，例如作品必须是英文原创，作者必须是美国公民或居民，图书内容必须能够被14岁以下儿童理解等。

纵观历年来获得纽伯瑞儿童文学奖的作品，这些图书都具有十分高的文学造诣和教育内涵，更广被儿童接纳和喜爱。1945年，纽伯瑞儿童文学奖颁给了罗伯特·罗素的《兔子坡》，以赞扬罗素在书中宣扬的友爱精神，肯定了他所倡导的人类应与动物和谐相处这一观点。自此，《兔子坡》成为一本经久不衰的畅销童书，影响了一代又一代儿童的成长。

关于凯迪克奖

1937年，提出创立纽伯瑞儿童文学奖的美国出版人弗雷德里克·梅尔彻，又向美国图书馆协会提出设立一个表彰儿童绘本图书作家的奖项。因为儿童图书有其特殊性，除了生动有趣的文字外，有很多图书还采用了大量的图画，甚至以图画为主来表述一个故事，所以应该给这些优秀的儿童绘本作者设立一个专门的奖项。美国图书馆协会同意了这个提议，并为纪念19世纪英国伟大的绘本插画家伦道夫·凯迪克，将这个奖项命名为“凯迪克”。

凯迪克奖是美国最具权威性的绘本奖，它看重作品的艺术价值和独特创意。每年，美国图书馆协会邀请教育学者、专业人士和图书馆员，组成评审委员会，从上一年度出版的数万本儿童图画书中，评出获得凯迪克奖的作品。凯迪克奖同样要求作者必须是美国公民或居民，其作品必须是原创等。当作品是由几位艺术家共同创作时，几个人共同获奖，并且艺术家不必参与故事内容的创作。

凯迪克奖肯定了儿童绘本的艺术价值，是家长与图书馆为儿童选书的最佳指南。历年的获奖作品都有着独特创意和艺术层次，能够给儿童带来不一样的艺术感受，激发了儿童的想象力。1941年，凯迪克奖颁给了罗伯特·罗素的《他们坚强而善良》。该书用家族相册的形式，向孩子们讲述了一个美国家庭在历史的变迁下所经历的故事。书中的图画层次鲜明，细节处理非常到位，人物形象生动有趣、贴近现实生活，为儿童理解故事内容提供了很大的帮助。

前　言

这个故事是奥雷里欧给我讲的。对了，介绍一下，奥雷里欧是一只上了年纪的鹦鹉，和主人托马斯·弗朗西斯科·格林住在圣·玛格丽塔。

圣·玛格丽塔位于中美洲的海岸线上，那里丛林繁茂，一直延伸到加勒比海，与蓝色的海水交汇。那里已经有很多年没发生过什么大事了。但在过去的岁月里，那里可发生过许多了不起的事情呢！

曾经有一段时间，我得了热带病，康复后在托马斯家住了几个星期。那期间，我每天除了睡觉就是休息。当然，我也因此慢慢地恢复了活力。由于好心的主人要离开家很长一段时间，所以在那些漫长而静谧的下午，我都会在阴凉的走廊上躺着，听奥雷里欧滔滔不绝地讲述它一生的传奇和冒险经历。这显然是一个漫长的故事，因为它已经活了很久很久。据它自己推算，差不多有500岁了。

一天下午，奥雷里欧正讲着故事，忽然被村子里传来的欢庆声打断了。一时间，鞭炮声、锣鼓声、欢呼声、钟声不绝于耳。

奥雷里欧瞟了一眼日历后，忽然气得冠毛倒竖。

“哥伦布节！”它轻蔑地哼了一声，“那些愚昧无知的村民正在庆祝哥伦布节。哥伦布‘伟大的探险家’！哥伦布‘伟大的航海家’！‘伟大的舰队指挥官’！我呸！”

“我以前只叫他‘哥伦’，相貌平庸的克里斯托巴·哥伦——让我来告诉你他是怎样一位‘伟大的舰队指挥官’。我还要告诉你，到底是谁发现了美洲，我得告诉你……”

“你为什么不说说呢？”我附和道。

“我会说的！”它怒气冲天地站在栖木上，尖声高叫着。

“我一定会说的，还会让你实事求是地写下来。”

我知道一定有人会质疑这故事的真实性。但如果当时他们与我一样，是和奥雷里欧面对面的话，他们绝不敢这样想。它那双闪着寒光的黄眼睛，有着锐利弧线的巨喙，像极了一把无比锋利的修枝剪，不知怎的就让人打消了所有怀疑的念头。

罗伯特·罗素

1940年写于兔子坡

目 录
Contents

THE SEA OF DARKNESS

1

热带丛林

奥雷里欧说，在1491年的中美洲密林里，再没有比我更快乐的鹦鹉了。那时我（只有65岁）正充满着青春的活力，身边围绕着数不清的家人和快乐的朋友。对我来说，生活是那么热情洋溢，每一天都充满了希望。

过去的丛林和现在完全不同。没有猎枪破坏过它的宁静，也没有斧头砍伐过那古老的森林。静谧的河流缓缓流淌，没有蒸汽船的纷扰，也没有船尾刺鼻的浓烟污染芬芳的空气。一切都是那么美好，一切还都是它们原来的样子。

那时，丛林里的印第安人亲切友好、热爱和平，是我们最要好的朋友。我们爱在村里闲逛，与孩子们玩耍，和老人们谈天说地。村里人常常请我们吃一种叫作“克莱卡司”的美味烤玉米蛋糕，还会拿些小块的甜甘蔗让我们大嚼特嚼。

作为回报，我们为他们从高高的树顶摘下熟透的水果和坚果，把我们掉落的尾羽送给他们。这种羽毛在当地人眼中是极其珍贵的装饰品。我们还帮助他们向分布在中美洲部落里的亲友们传递信息。就这样，我学会了每一种不同的印第安方言。而且正是这些经历，使我后来轻松地掌握了西班牙语和其他国家的语言，最终成为语言大师。

回想当年，在晨雾弥漫的绿林里，到处洋溢着芬芳的气息，我们过着神仙般的日子。然而好景不长，1491年，一场可怕的飓风从天而降，无情地摧毁了我们幸福的生活。

如今，已经很少能有鹦鹉回忆起那场恐怖的风暴了。只有那位生活在马格莱纳上游、年事已高的短吻鳄，或许还能给你讲讲那场风暴造成的毁灭性打击。那可真是个惊心动魄的故事！

对我来说，当时的一切都来得太突然了。我几乎不知道发生了什么，也不知道这会给我的生活带来怎样离奇的改变。

2

风　暴

酷热，整日整夜的酷热，不给你丝毫的喘息。通常我们栖息在矮枝上，那里的空气简直就是滚烫的蒸汽，让人窒息。成堆的昆虫发出地狱般的噪声，让人无法入睡。

我在找了几个凉快点儿的地方后，决定栖息在森林中那棵最高大的桃心木上。这棵树要比丛林的树冠层高出许多，上面的空气稍微凉爽些。但空气中有一种沉重感，像一块巨大的毛毯，压得人喘不过气来。我莫名其妙地生出一种恐惧。远处，微红的闪电划过夜空，隐约听见雷声隆隆，所有的树叶都在颤抖。

最后，我好不容易进入了梦乡。

忽然，我被狂风的怒吼惊醒。那声音仿佛排山倒海般扑面而来。顷刻间，大雨如注，江河变色。几道闪电照亮夜空，眼看着连绵的树冠被狂风撕扯得东倒西歪，硕大的雨点把枝叶砸得上下起伏，丛林转眼间变成了狂涛怒海。

咔嚓一声，我栖息的那根树枝被狂风刮断，迅即被吹上高空。狂风在空中不停旋转，一次又一次，一圈又一圈，一次比一次吹得高。我吓得闭紧双眼，抓牢栖枝，奋力地扇着翅膀挣扎着。

我现在被吹得更高了，丛林里摧枯拉朽的声音已经完全听不见了。我淹没在无尽的黑夜中，耳边只有飓风的怒吼，不知什么时候才是尽头。时间一点点地流逝。终于，一线微弱的曙光照亮了眼前的天空。透过云层的缝隙，我隐约看见初升的太阳。

“向东飞！”我想，“我要向东飞，朝着太阳的方向飞！”紧接着，一个可怕的念头袭来：“云层下面一定是茫茫的大海。”

就在离我不远的地方，透过云层的缺口，浮现出阴森可怖的汹涌波涛。

“哦，完了，奥雷里欧！”我哀叹道。

很快，事情就变得更糟了。风力似乎开始减弱，我和栖枝渐渐慢了下来，开始向地面坠落。哦，确切地说，是向大海坠落。

当然，我是会飞的，那是我的看家本领嘛。但是，从没听说过我们家族里有人能长途飞行。再说了，仅凭我这双微不足道的翅膀，怎么能飞越漫无边际的海洋呢？于是我祷告了几句，继续抓紧栖枝，听天由命了。

这时，天空中风起云涌，我一头掉进厚厚的云层，开始飞快地坠落。由于被吹得实在是太高了，尽管下坠速度快得惊人，我还是用了好几个小时才突破云层，看见——哦，上帝保佑——我终于看见了陆地！

3

陌生的国度

看惯了郁郁葱葱的热带丛林，眼前的这片土地看起来既陌生又令人生畏。这里到处是褐色的干燥土壤，地面上布满了灰尘。干涸的河床在崇山峻岭间刻下道道皱纹，令人触目惊心。这里没有绿色的原始森林，也没有宽广的河流，只有裸露的岩石和焦土。总之，这里完全没有风景可言。不过，起码这里是块陆地，不是海洋。

我正快速地接近地面。按照目前的坠落轨迹，我和树枝将掉进荒野中仅存的一片绿色里。

眼前出现了一大群建筑，四周围绕着高大的石墙。墙内遍布各式各样的树木、草坪和花园。我还看见树上结着果子，小池塘和喷水池里的泉水闪闪发光，这是一个好兆头。

现在我已经非常接近地面了。树枝帮了我最后一把，让我刚好穿过石墙，摔在一个院子里的石板路上。

我跌落在地面的动静相当惊人，人们从四面八方跑来。天哪，这些人看起来也太恐怖了！黑色的兜帽挡住了他们的脸，宽大的长袍上下翻飞舞动，活像一群西部山区的大秃鹫。

太可怕了，我赶紧躲进一棵枝繁叶茂的老橘子树里。

我遗失在地上的栖枝引起了他们极大的兴趣。因为它显然来自一种他们不认识的树。他们聚在一起仔细研究，把叶片闻了又闻，嚼了又嚼，不停地推搡，大喊大叫，用一种我完全不懂的语言，叽里咕噜兴奋地说个没完。

最后，我受够了他们的喧闹，还有我实在是太饿了。我走到树枝末端，用最动听的印第安语向他们打招呼。

我礼貌地问道："请问谁能告诉我，这是哪儿？哪里有吃的？哪里可以好好休息一下？"

我一开口说话，他们更加兴奋了。他们惊讶得又叫又跳。我意识到这些愚昧无知的家伙还从来没见过会说话的鸟。

"好吧，"我想，"要是我会说他们那愚蠢的语言就好了，那可能会方便许多。"

最后，一个胖一点儿的家伙，可能是这群人的头儿，总算想到办法，开始向其他人发号施令。紧接着，其中一位飞一般地冲进附近的一幢房屋里。我从这群翘首企盼的家伙嘴里反复听到一个词“哥伦”。

转眼，那报信的家伙又回来了，还带来一位我在这里见过的长相最奇特的人。

一上来我就被他的头发吓到了。我还从没见过有人的头发不是黑色的。他那金红色的头发在阳光下熠熠生辉；还有他的眼睛，和我以往见过的完全不同，竟然像蓝宝石般璀璨、透亮。

他穿着一件色彩斑斓的衣服，大部分是红色的，满是补丁和磨损。肩头披着一件长长的披风，领口破烂不堪；身上还挂着一把已经弯曲的佩剑。一走起路来，破旧的剑鞘就把院子里的地面磨得咔嗒直响。

他的脖子上戴着好几串铜项链，上面坠有整套的装饰挂件，还有不少黄铜、紫铜、锡质的奖章。

他气宇轩昂地穿过交头接耳的人群。那个穿黑长袍的人似乎对他颇为尊敬。但其他人在他身后用手指着脑袋，挤眉弄眼窃笑不已。那意思大概是暗示这个人的脑子有点儿问题。

当人们给他看桃心木枝时，那人一脸严肃地听着、检查着，然后一本正经地端详我。

因为我实在是饿坏了，于是满怀期待地叫了一声：“克莱卡司!”

他显然是没听懂。因为他和我说话时，用的是与“黑袍们”相同的语言。他看我听不懂，又试了其他几种语言，可我完全听不明白。于是，我开始用自己所知道的每一种印第安方言与他沟通，结果却是徒劳的。他一直摇头，表示完全听不懂。

最后我想起这些人不断提到的一个名字。

我说：“哥伦。”

他的反应令我目瞪口呆。他也大喊道：“哥伦！”

接着他指着自己的胸口说：“哥伦，克里斯托巴·哥伦先生！”

“克里斯托巴·哥伦先生！”我郑重地复述了一遍，人群发出一片惊叹声。

我跳上他的肩膀，又说了一遍：“克莱卡司!”但是他依旧一脸茫然。我快饿晕了！

我蹲在克里斯托巴先生的肩膀上，跟着他穿过惊叹不已的人群进了屋。我们走了一段很长的楼梯，到了他的房间。壁炉里生着小火，屋子里温暖而舒适。不过，我最感兴趣的是放在桌上的食物。我看见桌上有一大罐牛奶，还有一盘我最爱的、切成小块儿的烤玉米蛋糕。

“克莱卡司！”我大叫一声，迫不及待地去吃了一块蛋糕。

克里斯托巴先生饶有兴致地看着。他指着盘子问我：“克莱卡司？”

“对，克莱卡司！”我答完又吃了一块儿蛋糕。

然后他再次指着自己的胸口。

我立刻叫道：“克里斯托巴·哥伦先生。”他高兴极了，又让我重复了好几遍。我指着自己说：“奥雷里欧。”

“奥雷里欧，”他学了一遍，“奥雷里欧。”

我就用这个方法，开始学习西班牙语，同时也教他印第安语。我在克里斯托巴先生的房间里住了好几周。他从早到晚都在缝他的破衣服，擦拭那些俗不可耐的装饰品。与此同时，我们还互相学习彼此的语言。

不久，我们就能随心所欲地交流了。慢慢地，我开始了解他，了解这片陌生的国土。

4

破布变补丁

克里斯托巴·哥伦先生（或者“克里斯”，他现在允许我私下里这样叫他）出生在热那亚，是一个贫穷纺织工的儿子。他的悲惨童年是在父亲的纺织机和染缸旁度过的。

他有时会被叫去给住在豪宅里的富人送几匹布。他通过这些难得的机会，目睹了热那亚贵族奢华的生活，也因此彻底厌恶起自己的贫穷。事实上，我总觉得他对自己的未来考虑得太

多，有点儿过头了。当然他从不承认这一点。他常对我说，他是如何长时间在冒着蒸汽的染缸边，对着枯燥乏味的纺织机，做着没完没了的苦工，以及这些又是如何吞噬他高贵而又壮志满怀的灵魂的。

他说他小的时候曾经发过誓，他总有一天会穿上豪华的服饰，佩戴着昂贵的珠宝，住进宏伟的宫殿，拥有比这个世界上所有贵族都显赫的头衔。他穷尽一生试图使自己梦想成真，但至今仍是一事无成。这些年来，他走遍了欧洲的大部分国家，寻求君主们的赏金和资助，但总是一无所获、徒劳无功。沿途受尽了愚弄和嘲讽，还经常食不果腹。最后，他身无分文、疲劳不堪，拖着病体来到拉比达修道院。院内好心的僧侣可怜他，为他治病，使他恢复了健康。

由于僧侣们过着与世隔绝的生活，所以他们不仅非常爱听哥伦吹嘘他在王宫里的奇遇，还常常迁就他的幻想。他们不仅对哥伦毕恭毕敬，还总是用哥伦自己想出来的各种荒唐头衔来称呼他。他们找来华美的天鹅绒边角料、由破祭坛布制成的蕾丝，以及一些从残缺不全的教堂装饰物上弄下来的黄铜和金银线织物来打扮他。他身上那件怪异的衣服和那些稀奇古怪的装饰物就是这么来的。

那段时间，哥伦确实体会到了巨大的幸福和满足。但儿时的抱负早已在他体内化作熊熊烈焰，成为他生命中不可或缺的部分。他一刻也不能停止追求。近来，他受到新病初愈的影响，我能看出他变得焦躁不安，渴望再次出发，寻找他那虚无

缥缈的荣誉和宝藏。

其实，我比他还要焦急。在这个环境极度恶劣的陌生国度，我简直痛不欲生。这里完全不能与我那温暖、湿润的原始丛林相提并论。这里刺眼的阳光灼伤了我的眼睛，可怕的干燥让我皮肤开裂，酸涩干瘪的果子让我营养不良。我日渐消瘦，漂亮的羽毛也失去了原有的光泽。还有，这里的夜晚总是很冷，我只能蜷缩在炉火边，不让自己冻僵。我真的再也无法忍受下去了。

我一定要回家。我下定决心，不管怎样，我必须回家！在这个痛苦的地方，我坚持不了多久。无论如何，我一定要做到。

但是怎么做呢？这里和故乡之间还隔着数百或许是数千海里[1]的大洋呢。我日夜苦思冥想，完全找不到头绪。就在我快要绝望的时候，出现了一线生机。

这个生机完全来自我偶然对克里斯说起了自己的故乡。我无意间提到那里有金子的事儿。他一听到“金子”这个词，就好像被蝎子蜇痛了一样。

“金子！”他大喊一声，“金子！你们国家有金矿？”

“什么是矿？”我不解地问道。

“嗨！就是一个能通到地下的、很深的洞穴。人们用梯子下去，在黑暗中挖掘一整天，然后把几小筐混有金块的矿石带出来。”

“这方法也太笨啦！”我笑道，“不，我们国家没有什么‘矿’。我们那里的金子都在河边上，人们随手就能捡上几块儿。”

“有银子吗？”他激动地喘着气，两眼放光，“那里有银子吗？有珍珠吗？”

“我们那儿当然有银子啦！”我不耐烦地答道，“这些东西太平常了，没人在乎它们。就拿珍珠来说吧，印第安孩子们就拿它们当弹珠玩儿。”

“弹珠！”克里斯叫道，“你别瞎说了，哪有弹珠那么大

1　海里，航空航海上度量距离的单位，1海里约等于1.852千米。

的珍珠？”

“太大了？那些珍珠通常都很大啊。孩子们把最小的挑出来当弹珠玩儿，剩下的那些大个儿的珍珠都被扔掉了。”

哥伦听得目瞪口呆。正当他傻乎乎地坐在那里发呆的时候，我忽然想到了一个好办法，一条能让我重返家园的绝世妙计。

“克里斯，”我突然说，“你们西班牙人似乎认为金银珠宝是很贵重的东西，虽然我不理解这是为什么，但你是知道的。那么你们的国王和王后，尊贵的费迪南德陛下和伊莎贝拉王后，难道会不乐意找到我那遍地是宝藏的国家？”

“他们会不乐意？”克里斯仍是一副难以置信的表情，他大声叫道，“他们会不乐意？他们怎么可能不乐意呢？”

“好吧，”我打岔道，“让我们为他们找到那些宝藏吧。”

“但是怎么找呢？”他小声问。

“我来告诉你怎么找。”我说。

“现在你听仔细了，我的计划是这样的。首先，你要非常详细地画出我们国家的地图，一定要标明金子、银子和珍珠的所在地。这些我可以告诉你，我曾经多次飞到过那些地方。然后，你还要写一下去那里的航行指南。你能做到，对吧？你不是宣称自己是伟大的航海家吗？”

“我当然是！”他有点儿激动地说，“论航海，不要说西班牙，也许全世界也找不到一个与我同样出色的航海家了。我会使用罗盘，测量太阳高度，计算纬度和经度，绘制地图——精美的地图。当然，从理论上来说，我还能和其他人一样熟练地操作星盘。”

“太棒了！”我说，“现在就行动吧，你一准备好，我们就去王宫，向国王和王后禀告在我们国家发现的宝藏……”

“如果他们真的像你所说的那样渴望黄金，那他们一定会很乐意给我们两三艘船去把宝藏取回来。他们还会封你为上将，系着披风、戴着勋章，威风凛凛。想想当你带着好几船金银财宝回来的时候，会受到怎样的欢迎；想想当你把一大袋珍珠献给国王，让他当弹珠玩儿，他会说些什么吧；想想那些荣誉；想想那些华美的服饰吧！”

“我一直在想呢，”他说，“但是，奥雷里欧，我们两个身无分文的探险家，怎么做才能顺利地见到费迪南德陛下和伊莎贝拉王后呢？他们可是整个王国里最伟大、最有权势的统治者啊！”

“别忘了还有我呢，”我答道，“难道你没注意到我，一只会说话的鸟，在你们这个愚蠢的国度，引起了多大的轰动吗？哪一天僧侣们不带着一大帮人从几英里[1]外的地方赶来看我，听我说话？只要我的名声传到陛下的耳朵里，他们准会召我们进宫的。”

“真的是这样，的确如此，”克里斯嘀咕道，“我还从没这样想过呢。我一直在考虑自己的封号和荣誉，还有那件深红色的上将披风。”

---

1 英里，英制的长度单位，1英里约等于1.6千米。

“对了，先考虑一下你的地图吧，”我说，“你可要把它们画好点儿。”

他对我的计划深信不疑，怀着极大的热情开始绘制地图。只用了几天，他就已经画出几张非常精美的地图：祖国的山河上绘满了闪闪发光的黄金，海里画满了海蛇、鲸鱼和其他可怕的怪物。此外，他还写了整整一本看上去十分令人震惊的航行指南。

当我们把即将离开的消息告诉那些好心的僧侣们时，他们都竭尽全力帮助我们准备行装。修道院的院长送给我们一块挂在祭坛上的紫色天鹅绒布（除了边角被老鼠啃坏了一点儿，实际上就是新的），克里斯立刻拿它做了一件惹眼的披风。

他们为克里斯擦亮了奖章和花里胡哨的装饰品，修补好他的剑鞘，甚至还试图把他的剑弄得笔直。经过一番精心打扮，克里斯终于变得相当体面了。他们最慷慨的举动是送了一头骡子给克里斯当坐骑。虽然这不是我见过的最帅的骡子，但它既勤快又温顺。

最后，一切都准备妥当了。我们准备第二天一早就出发，去费迪南德国王陛下和伊莎贝拉王后的王宫碰碰运气。

5

鸡蛋上的把戏

我们告别了拉比达修道院好心的僧侣，踏上了征程。克里斯裹着崭新的紫色披风，风度翩翩地骑在骡子上，面貌焕然一新，只是胳膊上挎着的那只装满食物和酒的篮子有点儿折损体面。不过，考虑到我们身无分文，而且这里距格拉纳达城王宫，还有200多英里的路要走，有这样一满篮的食物，还是很令人欣慰的。

这是一个美好的夏日清晨，克里斯再次兴致勃勃地踏上逐梦之旅。一时间微风习习，令人神清气爽，一扫往日萦绕在克里斯心头的阴郁。我们又是引吭高歌又是吹口哨，一路欢声笑语、喜气洋洋。他挥舞手中的佩剑，对每一位路人行脱帽礼。看起来，我们的冒险之旅似乎已经有了一个非常美好的开端。

我们从僧侣赠送的食物篮里取了一些食物，吃了一顿愉快的午餐，心满意足地一直走到天黑。当寒冷的夜幕降临，我忽然想起晚上住宿的问题。克里斯笑笑，让我别担心。

他大声说道："奥雷里欧，这事儿就交给我吧，我可是旅行老手。你看，我口袋里没有半毛钱，却游遍了欧洲所有的国家。那时既没有骡子，也没有午餐篮，更没有像你这样多才多艺的同伴。那又如何，别担心了。"

他说着说着就骑着骡子进了一家镇上最好的小旅店，还叫嚷着要住店。他把骡子交给还没有反应过来的、张大了嘴的马童，吩咐马童给骡子提供最好的草料，悉心照料。随后他大摇大摆地走进一间普通客房，身上的佩剑咔嗒咔嗒直响。他叫来了旅店老板。老板见他一身怪异的装扮，穿着稀奇古怪的衣服，挎个午餐篮，肩上还蹲着一只大鸟，立刻认定他是某位离经叛道的贵族，便马上领我们去了最好的客房，还提前送来了丰盛的晚餐。

第二天早上，我们在客房里吃完早餐，克里斯兴致高涨，高谈阔论起来，吹嘘他在欧洲各国宫廷里的光辉事迹。

“这枚奖章，”他边说边指着一件黄铜装饰物，“是撒丁国王颁发给我的，以表彰我让鸡蛋站立起来的聪明才智。”

“但是，大人，”一直在边上徘徊的旅店老板问道，“这根本不可能啊！鸡蛋根本站不起来的。”

“撒丁国王和你想的一样，”克里斯说，“你介意和我打个小赌吗？”

“大人，虽然我只是个穷人，但我发誓那是做不到的。如果我有赌注，我一定和你赌上一把。”旅店老板争辩道。

“好啊，你可以用我们今晚的房费来赌。”克里斯和颜悦色地说。

“但您拿什么来押注呢，”店主急切地问，“假如您输了？”

“那样的话，”克里斯一本正经地说，“万一我输了，这只华丽的鸟就归你。”他指了指我。

“这的确是只漂亮的鸟，”店主承认道，“但也抵不上一晚的房费啊。”

我气坏了，用最标准的古代西班牙语抗议道：“一晚的房费？一晚的房费！啊？你这个愚蠢的傻瓜，你见过像我这样会说话的鸟吗？你见过像我这样会唱歌的鸟吗？”说完，我还唱了几段流行歌曲。“你见过会吹口哨的鸟吗——像这样的？”话音没落我就放开歌喉，吹了一段带颤音的动听歌曲。

这带来了戏剧性的效果。旅店老板吓得连连后退，其他客人们也啧啧称奇。人们惊叹不已地围拢过来。

他们大喊：“赌啊！鸡蛋，拿鸡蛋来！”

鸡蛋拿来了，克里斯仔细地检查了一遍，旁观者围得更密了。

克里斯大声喊道：“先生们，现在，看好了！”他说着就举起了鸡蛋，并突然把鸡蛋砸在桌子上，鸡蛋的底部被压碎，正好能立在桌子上。

人群中爆发出一阵狂笑。“他赢了！”他们叫道，“他赢了，鸡蛋站在桌子上了！”

“但是，阁下，”店主抗议道，“你把蛋壳打破了。”

克里斯反问道：“我有说过蛋壳的事儿吗？过来，奥雷里欧，这里太无聊了，国王还等着我们呢。”

他的双手一把抓起紫披风，潇洒地在空中转了一圈，正好披上肩头，然后拎着篮子，在人们的笑声中离开了旅店。

我们就是

用这样的办法，一路走向格拉纳达城。早在到达之前，我就已经声名远播了。在我们下榻的旅店里，每晚都挤满了好奇的人群。他们都渴望一睹“会说话的鸟”的风采。所有的旅店老板都乐意和克里斯玩上一把竖鸡蛋的戏法，用以招揽闻讯而来的顾客。

最后，我们终于来到了格拉纳达城，住进了城里最好的旅店。那天，我们正在吃晚餐，一个看上去仪表堂堂的人用肩膀搡开房间里熙攘的人群，高声叫道：“闪开，闪开，国王信使到！”

他走到我们桌前，询问道：“我能荣幸地称呼您为大名鼎鼎的克里斯托巴·哥伦先生吗？”

“当然，”克里斯说，“非常荣幸。”

“您就是那只传说中会说话的鸟的主人吗？”

“是的，”克里斯答道，“奥雷里欧，跟这位先生打个招呼。”

“晚上好，”我说，“你这里的天气不错啊。”

这位绅士吓得后退了几步，然后整理好假发，大声宣布：“至高无上的费迪南德国王和无与伦比的伊莎贝拉王后，卡斯蒂利亚–阿拉贡–利昂–塞维尔–墨加卡–梅诺卡–卡塔卢尼亚–伊斯坦满杜拉–格拉纳达以及陆地和海上的岛屿的领主–统治者–摄政王–总督命令你即刻前往皇家宫殿，不得有误！马车就在外面等候，不要忘记带上那只鸟。”

等这一大串话说完后，克里斯说道：“谢谢你！请稍等片刻，等我吃完蛋羹，收拾一下就出发。”

当他收好地图，刷干净衣服，我忍不住说：“克里斯，我早说过会这样，我就说我们会被召见的。”

门外，一辆六匹马拉的豪华马车和几名侍者正在等候。我们在马车上坐定后不久，马儿就咔嗒咔嗒地一路小跑，沿着蜿蜒的街道向王宫驶去。

6

国王和王后

当马车全速驶向王宫时，看得出可怜的克里斯正处于一种非常紧张的状态中。当然，他应该紧张。这次召见很有可能会让他所有的野心和梦想变成现实。如果大功告成，那么他长久以来追寻财富和荣誉的梦想，将在今晚全部实现！

对我来说，这倒没什么可紧张的。这些无关紧要的君主算得了什么？我见识过阿兹台克王子富丽堂皇的宫殿，我一度还站在至高无上的印加大帝的肩头。

对于一个曾经造访过伟大的特诺奇提特兰王宫，在镶满黄金的台阶上踱步的鸟来说，这座我们即将到访的、寒碜的西班牙城堡就显得太平淡无奇了，简直就是破烂不堪，还特别冷。

当我们被领进一段潮湿的通道时，我平静地对克里斯说：“别紧张，放松点儿。”

“你只需保持冷静，其他的事都交给我。”

我们来到一个大厅，里面站着许多衣着光鲜的人。皇家总管宣布：“热那亚人克里斯托巴·哥伦和鸟觐见。”

国王和王后双双坐在一张长桌后，桌上散落着一些筵席的残羹冷炙。当人群散开，我们走到近前，我正好能看清楚。我压根儿就不关心国王的长相，他看上去既猥琐又残忍，还有一点儿愚蠢。他也许是个实干家，但一点儿教养也没有。

我立刻决定从王后这边入手。伊莎贝拉王后算不上漂亮，但是看起来似乎十分聪明，对我和克里斯微笑的时候很亲切。当我们来到桌前，克里斯十分夸张地脱下帽子，深深地鞠了一躬，跪在地上，害得我差点儿从他肩上摔下来。

“起来，站起来，”国王命令道，“让我们看看这只鸟，让它说话。”

我一言不发。克里斯毕恭毕敬地解释道：“陛下，这只神奇的鸟，从遥远的大陆飞来，带来一个重大的消息，只能向国王和王后单独禀报。私下说一句，陛下，我敢肯定，它将说出一个惊人的秘密。”

“一派胡言，”国王咆哮道，“都是骗局。我不相信它能说人话！”

“说话！”我跳到王后的椅背上，愤怒地大叫，“我不仅能说话，还能一直说，说到所有人的耳朵都听累了为止。但是此刻，我认为唱首曲子更合适。”于是我唱了一首《鸽子的宫殿》作为开场音乐。这是一首非常流行的西班牙小夜曲。当我全身心投入向王后献唱时，一名宫廷乐师拿起吉他来给我伴奏。观众们一个个张着大嘴，目瞪口呆。曲终，所有人都情不自禁地鼓起掌来。王后非常高兴，就连国王也没那么不开心了。

“它还能做些什么？”国王问克里斯。

“吹口哨。”我回答道。还没等他们反应过来，我就吹了一首从一家小旅店学来的露营歌曲。虽然这首歌比较粗俗，但是曲调很欢快。很快，国王就跟着节拍，用餐叉在桌子上重重地敲打起来；王后的双脚也随着节奏，在桌子底下轻轻地跳起了踢踏舞。

看到费迪南德国王情绪不错，我在王后的耳边悄悄地说道："美丽动人、至高无上的王后，我和克里斯托巴先生给您和西班牙国王陛下带来了一个极其重大的消息。我们是否可以私下谈谈呢？"

"当然可以，"她优雅地答道，然后转身对国王说，"陛下，我受够了这一大群人挤在这里。"

费迪南德向大臣们挥挥手，大叫一声："全都滚出去！"大臣们不情愿地退下了。除了极少数的内阁成员，就剩我们了。国王转过头对克里斯说："好，你们到底带来了什么消息？来，快说！往常这个时候，我早就睡了。"

克里斯拿出地图，正准备发表长篇大论，国王再次打断了他，问道："我听说你能让鸡蛋站在桌子上，那是怎么回事？是不是你在鸡蛋上动了什么手脚？"

"绝对没有，陛下，"克里斯回答道，"那只是个用来哄骗蠢人、小孩子的把戏，与我们带给您的这个震惊世界的消息比起来，简直不值一提。"

"把你的消息带回去吧，我才不在乎呢，"国王吼道，"我要看把戏！嘿，管家，拿枚鸡蛋，去拿枚鸡蛋来！"

"好的，陛下，我非常乐意效劳！"克里斯说，"但是我必须提醒陛下，那只是件微不足道的事情，仅仅是让鸡蛋站起来而已。"

"站起来？"年纪最大的内阁大臣哼了一声，"什么，那太荒唐了，没有鸡蛋能站起来！"一时间，所有的内阁大臣都应声附和："荒谬！""不合情理！""愚蠢！""做不到的！”诸如此类的声音此起彼伏。

克里斯一边把鸡蛋举高，一边回应道：“尊敬的国王陛下还有先生们，这非常简单。”

“我只要这样，然后……”

砰！

我不知道究竟是克里斯太激动了，还是鸡蛋太脆弱了——可能两者都有吧——当他把鸡蛋啪的一声重重地砸在桌子上时，里面恶心难闻的蛋液肆无忌惮地溅了国王和内阁大臣们一身。

费迪南德国王勃然大怒！他吸了一口气，对着他的贴身侍卫、内阁大臣、王宫总管还有王后大声吼道：“把他拖出去！”他歇斯底里地喊道：“把他驱逐出境，流放他！快给我拿条毛巾来，传我的司法大臣，叫卫兵！”

卫兵正在把克里斯往门外拖去，我飞到他身后，在他肩头低语了几句：“回拉比达去，一定要走慢点儿。我很快会设法让你回来。振作一点儿，把下巴上的鸡蛋液擦掉。还有，别把地图弄丢了。”

然后我飞回王后身边。她正一边忍着笑一边给仍然怒不可遏的费迪南德国王擦拭身体。

“糟透了,”我自言自语，“简直糟糕透顶。”

“你的意思是说鸡蛋糟糕透顶吧，确实是的，太差劲儿了。今早我应该跟总管说这件事的，”伊莎贝拉笑着说道，“现在，跟我去房间吧。”

等国王躺上床后，我随王后穿过许多个长廊，来到她的卧室，里面已经有十来个年轻活泼的侍女恭候了。当然，她们都很渴望见到我，听我说话、唱歌、吹口哨。在各种奉承和赞美之下，我有些飘飘然了。王后费了好多口舌才把她们赶回去睡觉。

当最后一个侍女不情愿地离开后，王后坐进一张舒适的椅子里，让我栖息在一个高脚凳上。她手里端着一大碗美味的水果，叹了一口气说：“亲爱的奥雷里欧，我们终于可以安静地待会儿了。现在和我说说吧，说说你和你那个倒霉的朋友带来的重大消息。”

7

奥雷里欧和王后

“我最优雅仁慈的王后陛下，”我开始了陈述，“我们的消息是这样的，在大海的另一端，有一块陆地。那里有许多金银和珍稀宝石，数量多得就像天上的繁星，数也数不完。”

伊莎贝拉一听到“金子”这个词，立刻两眼放光。

“金子？”她强调道，“金子和银子吗？那地方在哪儿？怎么才能去？为什么不早点儿告诉我们？”

“王后陛下，它在遥远的西方，要越过整个海洋，没有人知道到底有多远——除了克里斯托巴·哥伦先生。也没有人知道要怎么走——除了克里斯托巴·哥伦先生。只有他认识路，而且他已经画好了地图，写好了航行指南。在这个紧要关头，倒霉的克里斯托巴先生竟然被赶出王宫，在西班牙街头流浪——而这仅仅是因为一枚鸡蛋。”

王后的兴致一下子高涨起来。“接着说，奥雷里欧，给我多讲讲你的国家——但这会儿……”她拉了一下铃绳，对应召前来的侍者命令道，“立刻召卡布雷拉觐见。”

我还没来得及插进一句话，王宫大总管曼纽尔·卡布雷拉先生就宣告觐见了。卡布雷拉先生是一位仪表堂堂、德高望重的老绅士，但伊莎贝拉王后就这么傲慢地站在原地，没有对他表示丝毫的敬意。

她突然说：“卡布雷拉，由于刚才王宫里的一些愚蠢行为，导致全西班牙最有价值的人被赶出王宫，流落街头，身无分文，饥寒交迫。你应该记得克里斯托巴·哥伦先生吧？就是这只既聪明又讨喜的鸟的主人，就是因为一点儿小疏忽，搞砸了今晚的鸡蛋把戏，惹怒陛下的那个人。现在，这位克里斯托巴先生正骑着骡子，前往保罗城附近的拉比达修道院。你马上领一队卫兵把他给我带回来。别忘记搜查街头以及沿途每一家旅店。只许成功，不许失败。”

说完，她往桌上扔了一小包金币。“再给他买几件体面的衣服。明天中午议会召见他之前，先把他带到我这儿来。不要让我失望，卡布雷拉。”说着她优雅地做了一个习惯性手势，用手指在脖子上划了一下。大总管见状，匆忙离开。

她办完这些事后，继续说道：“那么现在，亲爱的奥雷里欧，来跟我讲讲你的国家吧，再多讲讲那些金子和珍珠的事儿。”

于是在接下来的几小时里，我向王后介绍了我的家乡，介绍了热带丛林和那里的水果，还说了印第安人和他们的生活方式，但最主要的都是有关金银珠宝的。当然，我还编造了不少，比如，我知道许多未知宝藏的所在地。但是王后唯一想听的就是关于现有宝藏的事情，我觉得我必须透露一些给她，我的确这么做了。我说得越多她就越兴奋，一直到深夜，她才让我停下来，还特别准许我栖息在她华美繁复的床顶棚上。

议会在中午召开，成员都是些难缠的家伙。坐在伊莎贝拉王后右边的是一位面色铁青的神父，一点儿也不像拉比达修道院的僧侣们那样和蔼可亲。后来我了解到，他就是宗教大法官托尔克马达，一个需要避开的聪明人。国王也在，就是脾气比那晚小一点儿，但仍然很不高兴。此外还有一些表情凝重、长着胡须的老绅士。他们分别是大总管曼纽尔·卡布雷拉、国王的财政大臣路易斯·斯坦吉尔先生、麦地那锡多尼亚城的公爵以及特雷多城大主教。我坐在王后的椅背上。

伊莎贝拉王后没完没了地给他们讲述我家乡的宝藏，所有都是重复前一晚我对她讲的话。她还指出，由于某些人的愚蠢行为，让全世界唯一知道怎么去那块大陆的人——克里斯托巴·哥伦先生被逐出王宫。

我注意到当她提及“宝藏”这个词的一瞬间，所有的议员都被吸引了。无论何时，只要听到“金子”这个词，这些西班牙人都表现出一种奇怪的渴望。

“让这只鸟来说，”费迪南德粗鲁地打断道，“你过来——你们国家河岸边金子厚得能用铲子铲，是真的吗？”

“现在可能没有那么厚了，陛下，”我回答道，“自从人们开始用金子做屋顶，那里的金子可能少了一点儿。不过，在短时间内捡一篮子还是很轻松的。”

“哼，”国王轻蔑地哼了一声，“等我们去了那里，我想你的朋友们会发现他们头顶上就不会有屋顶啦。那银子又是什么情况？”

“喔，银子就太寻常了！”我回答，“因为它比金子坚固，也没有金子好看。它主要用来制造厨房用具、烹饪器皿什么的，也会用它来做门和百叶窗。在较大一些的城市，会用它来铺主干道。”

费迪南德眼睛里闪烁着贪婪的目光，他大叫道：“那珍珠呢——你说那里有珍珠？”

“陛下，那里可能是全世界出产珍珠最多的地方了。正如我告诉克里斯托巴先生的那样，当地的孩子们选取最小的珍珠作弹珠，大一些的珍珠都被当成废物扔掉了。有些地区，父母们禁止孩子们玩弹珠。因为大一点儿的珍珠散落在地上，走起路来相当困难，容易让人滑倒。”

听到这里，在座的所有人都激动不已，陷入狂热中，无法自拔。

“那么，那个耍鸡蛋的哥伦在哪里？”费迪南德怒道，“为什么没有人把他带回来？为什么每个人都还在这里坐着，无动于衷？他太重要了！卡布雷拉，你为什么把他赶走？去，把他找回来！叫卫兵！采取行动！行动！”

“陛下，一切都已经安排好了。”伊莎贝拉冷冰冰地说，“克里斯托巴·哥伦先生正在前厅等候召见呢。幸亏王宫里还有人有点儿理智。卡布雷拉，传召克里斯托巴先生。”

8

克里斯的要求

王后的那一小包金币看起来都用在刀刃儿上了。因为克里斯那身崭新的衣服，着实让人眼前一亮。一条镶有毛皮绲边的深红色披风、全新的紧身衣和橘色丝质紧身裤代替了原有的补丁衣。只有佩剑和那串亮晶晶的黄铜奖章还和以前一样。

看起来，新衣服也让克里斯发生了不小的变化。他不再胆小拘谨，而是昂首挺胸地走进大厅，信心十足地来到国王和王后面前。

“好了好了，过来，快过来，”国王毫无耐心地说，“你已经浪费了我们太多的时间。赶紧给我们讲讲那块满是金银的大陆。它在哪儿？我们怎么才能到达那儿？还有，你的那些地图放在什么地方了？你怎么还不快说？”

克里斯开始介绍，但是很快就被国王打断了。“你不用再描述细节了，这只鸟已经给我们讲得够多了。我们想了解的是怎么才能到达那里。为什么你不给我们讲讲这些？怎么不说了？”

“如果陛下允许的话——”克里斯接着说道。

“允许，”国王怒吼道，“允许？你竟敢向国王要求允许——”

“哦，嘘，费迪南德，”伊莎贝拉不耐烦地说，“先让这个可怜的家伙说完。”

国王有些闷闷不乐，克里斯感激地看了王后一眼，继续说：“尊贵的国王和王后，在揭晓这个伟大的发现之前，我需要先得到一些奖赏和保证。因为我一直在呕心沥血、竭尽全力地研究这个计划。如此巨大的投入应该有一个相称的回报，才能称得上公平。此外，我还要补充说明一点，葡萄牙的约翰国王已经给了我一个非常慷慨的提议，法兰西的查尔斯国王直到现在还等着和我见面呢。”

“那些只是说说的，”王后不满地说道，“你可以放心，克里斯托巴先生，我们绝不会少了你的好处。我们一定会给你一个满意的回报。”

“行啦，行啦，”费迪南德国王抱怨道，“你想要什么？赶紧开出你的条件。”

当克里斯展开一大卷羊皮纸时，我的心凉了半截。唉，我想这些新衣服已经让他昏了头，他太高估自己的重要性了。当他开始念那长长的要求清单时，我仿佛看见我那重返原始丛林的美梦变得越来越缥缈——他念得越多，我就越感觉希望渺茫。

“第一，”他大声念道，“我要求被授予‘海洋总司令’称号，这个称号的等级要高于任何国家、任何海洋的统帅。而且这个头衔可以让我的后代和继承人世袭。”

国王愤怒地站了起来。这时，财政大臣路易斯·斯坦吉尔在他耳边低语：“这仅仅是一个空衔，陛下。如果他想要，就给他这个头衔。这不用花费一毛钱。”国王重重地坐了回去，怒目圆睁。

“第二，”克里斯继续说道，“当这片大陆被发现后，我要成为这些土地的总督。”

“如果真的发现了才行！”费迪南德同意道，“接着说，你还想要什么东西？”

“第三，我——克里斯托巴·哥伦先生，要成为西班牙的贵族——拥有家族盾徽。第四，我要获得新大陆上所有贸易的十分之一的提成。第五，新大陆上所有的宝藏，金子、银子和宝石的八分之一归我所有。第六——”

然而，这些荒唐无度的要求，已经让国王忍无可忍，甚至连伊莎贝拉王后和议员们看上去也很震惊。

“把他扔出去！”费迪南德突然咆哮起来，“赶走他，流放他，把他交给托尔克马达！这个人是个疯子！”

我不顾一切地飞到国王的肩膀上。“但是，陛下，”我耳语道，“这些不过是许诺罢了——而许诺也不一定总是要遵守的。现在答应他所有的要求，只要一发现那块陆地，装满金银珠宝的船队一归来，陛下随时可以改变心意。”

“你的意思是说，”他愤然问道，“我，费迪南德，西班牙的国王，应该许下这些不用遵守的诺言？”

“的确如此。”我答道。

“大鸟啊，”他说，“我所有的议员加在一起，都没有你的脑瓜子好使。”他转身对克里斯说道：“行啊，行啊，我们同意了。把你的协议拿上来，我签字。”

“等一等，陛下，我还没说完呢，下面还有十九条呢。”克里斯抗议道，他已经被这突如其来的变化给弄懵了。

“不用再麻烦读下去了，”国王说，“都准了！来，把协议给我，再把笔和墨水给我拿来。怎么没人给我拿？”

正当王后和议员们张着大嘴，呆若木鸡地坐在那儿时，国王一把抢过羊皮纸，歪歪扭扭地签下了自己的大名“费迪南德·雷克斯”，然后扔给伊莎贝拉王后签署。等她签完后，国王把协议还给克里斯。“非常好，你现在就是海洋总司令了，希望你喜欢这个头衔。那么，我们的远航什么时候开始？”

“陛下，如此重大的任务，必然需要大量的准备工作，”克里斯答道，他还有点儿恍惚，“大量的准备工作——以及一大笔钱。”

“很好，”国王简短地说，“立刻去准备，卡布雷拉，给他找个房间；斯坦吉尔，给他弄些钱；伊莎贝拉，我们去吃晚餐。散会！”

9

海洋总司令

整整一个晚上，我都在给王后和她的侍女们讲述我家乡蕴藏无数宝藏的故事。伊莎贝拉似乎对这些有关金银财宝的故事百听不厌，于是我又新编了几个更加精彩有趣的故事。

那些年经的女士似乎很喜欢在我耳后反复抓挠，不是摸摸我尾巴上绚丽的羽毛，就是给我喂一点儿水果和蛋糕。我觉得这也没什么不好——除了那些水果依旧像西班牙一样糟糕透顶。

我大受欢迎，以至于王后再次花了很多时间，费了很多口舌，才把那些侍女劝回去休息，接着自己也去睡了。当她熟睡时，我悄悄地飞出窗户，去看望克里斯。我看见北方塔楼上有一个窗户亮着灯，确定那是克里斯的房间，于是我飞过去往里瞧。

他正忙碌地工作着，身边围着一大堆书、地图、卷轴，还有各式各样的作图工具。

“喂，克里斯，”我落在他的椅背上说，“我们的计划看起来进展得很顺利啊。你已经是海洋总司令了，航程也确定了，国王和王后不久将得到他们梦寐以求的金子和珍珠。而我，也会再次见到我的故乡。或许我还能再次品尝到那些好吃的水果。克里斯，我一定要回去，我再也受不了这个国家了。这次远航一定要成功！”

听了我的话，克里斯把地图和计算结果推到一边。他指着钉在墙上的一张羊皮纸，小声对我说：“看看吧，奥雷里欧，看看吧。”我看见那张纸上写了不少字，上面还盖着印章，挂着绶带。

“我在看呢，”我说道，“这是什么啊？”

他煞有介事地答道：“我的委任状，国王颁发的委任状。海洋总司令！王宫大总管卡布雷拉亲手交给我的。这上面的字，有些还是烫金的呢！想想吧，奥雷里欧，‘海洋总司令’，古往今来，还从没有人得到过这样的殊荣！”

“他们怎么能得到呢？”我说，“这不是你最近才造出的头衔吗……”

在他继续坐在那里凝视委任状时，我接着说道：“克里斯，现在先把头衔的事儿放到一边，我们要把注意力放到远航上，那才是最重要的事情。你的准备工作完成得怎么样了？”

他终于把目光从委任状上挪开，说道：“进展很顺利，奥雷里欧，非常顺利。我已经列出了所需要的船只、饮食储备、人力和装备。我甚至还安排好了舰队起航和到达时的庆典。我准备明天就向国王和王后展示我的计划。虽然这个计划要花上一大笔钱。”

“真滑稽，”我回答道，“比起我们即将运回来的整船金银珠宝，这点儿钱算得了什么？你继续算吧，克里斯。晚安，明天早上见。”

第二天中午，我们见面了，只有国王、王后、斯坦吉尔、克里斯和我。克里斯带了一大堆东西，里面有羊皮纸、卷轴、地图、书籍、清单和航海仪器。

费迪南德的心情似乎出奇的好。他接见克里斯时，几乎是和颜悦色的。

“不错啊，总司令，”他叫道，“你看起来像是个要去上班的裱糊工啊。哈哈哈！让我们看看地图，再让我们看看航行指南。你怎么不把计算结果拿出来给我们看看？计划在哪里？来，来，来，给我们瞧瞧，给我们瞧瞧！”

克里斯向大家展示了他的手绘地图，想方设法给我们讲解他的航海指南和计算结果。他们每人都拿了几本书，但根本没有人能看懂。不过大家都表现出很信服的样子。费迪南德和伊莎贝拉其实更喜欢看地图。他们愉快地谈论着高山上和大河边金灿灿的黄金，议论着特诺奇提特兰王宫白银打造的围墙，对陆地和海洋里的珍禽异兽品头论足。

“好啊，好啊，”国王说道，声音里满是渴望，“我们什么时候动身？你们还需要什么？你的清单在哪儿呢，总司令？”

当克里斯开始读那一长串航海所需物品和装备清单时，国王和王后一起把目光转向一直拉长着脸的财政大臣路易斯·斯坦吉尔先生。我发现他们眼中的热情和渴望都变成了焦急。

费迪南德突然停了下来，他暴躁地说道：“过来，过来，别管高筒靴、咸肉和航海服了。到底要花多少钱？你能不能给我们一个总数，大概的数字也行？”

克里斯手忙脚乱地算了一会儿，宣布道：“陛下，这次伟大的冒险，需要3艘船，120个人。总花费仅需1700盾。”

“仅需1700盾！”斯坦吉尔托着头抱怨道。紧接着，全体陷入可怕的沉默中。最终，国王打破了沉默。

“金库里的情况如何，斯坦吉尔？”

“金库？陛下，金库根本承受不了——我们早就支撑不下去了。陛下你是知道的，我们和摩尔人的战争把金库里的钱都花光了。上个月的伙食费，我们还没付呢。昨天，卡布雷拉刚刚赶走了3名厨师和12名男仆。我让6个人用牙签把金库的地板都剔了个遍，但是只找到了一小把硬币，大部分都是铜板。1700盾！还不如要1700万盾呢！整船的金子都在等着我们呢！”他紧紧地抱着头，更沮丧了。

“麦地那锡多尼亚城的公爵怎么样？”国王问道，“你认为我们能从他那里借一点儿吗？”

“昨晚陛下注意到他的紧身衣了吗？”财政部长有气无力地说道，“补丁，补丁，陛下，有两块补丁呢！上个星期他卖掉了豪华马车和两套盔甲。不，他那里什么也没有了。”

所有人都陷入深深的绝望中，而我更是如此。

突然伊莎贝拉做了一个中断的手势。

“你们这些人！”她叫道，“你们都是些指望不上的人！”她拍了拍手。

门应声打开，6名正在等着觐见的侍女把手里捧着的首饰盒放在王后面前后退下了。

伊莎贝拉把首饰盒一一倒空，里面闪闪发光的珠宝一股脑儿散落在桌上。“先生们，”她骄傲地宣布，“我的首饰！”

“嗯，这又怎么样呢？”国王相当愚蠢地询问。

“怎么样？”伊莎贝拉不耐烦地回答道，“我要把它们都典当了，也只能这样了。我们必须筹到1700盾！”

“太荒唐了！”国王叫道，“这绝不可能！想想我们的邻居会说什么。还有，如果法兰西国王查尔斯听说西班牙没钱了，他的军队一个星期内就会卷土重来，西西里岛立刻就会叛乱。不，不！我们绝不能这么做！”

“哦，亲爱的，”王后叹了口气道，“我没想到这些，我们的确不能这样做。”她无可奈何地坐了下来。

忧虑又开始蔓延，但是王后的珠宝给了我一个启发。我意识到绝望会让我们的计划全部落空，这时必须有人站出来拿主意了。

“尊敬的国王和王后，还有先生们，”我说，“这只是一桩小事，我很乐意为此效劳。我能保证把这些首饰抵押出足够的钱，而且不会走漏一丁点儿风声。放松点儿，陛下。海洋总司令，你继续准备吧。路易斯先生，让那几个刮金库的人做其他的事情吧。这里的事情就交给我奥雷里欧来办吧。”

“好吧，”费迪南德将信将疑地说，“我想我们也只能这样了，但是看上去可能性不大啊。散会！”

10

奥雷里欧施妙计

典当珠宝非常简单，比我想象得容易多了。因为要保守秘密，我请王后的一名贴身侍女为我找来全城最可靠的当铺老板的名字。

“亲爱的奥雷里欧，当然可以！”她说道，“我有一位朋友，”她说着羞红了脸，“护卫队的队长，我确信他知道你问的这些事情。”那天晚些时候，她带我来到一个能够眺望大部分城池的宽大窗户前，对我低声说道：“奥雷里欧，那个人名叫伊萨卡，伊萨卡先生，他做生意的地方在里斯本街。你从这里能看见。你看见那三颗挂在门上的金球了吗？我的朋友说伊萨卡是最老实的人。他一个人在那里经营大把的生意，天哪，不可思议！”

“谢谢你，孩子，”我说着，轻轻咬了一下她粉色的小耳朵，“今后无论什么时候需要捎信或者盯梢，尽管吩咐老奥雷里欧。”

当晚，我让王后把两颗成色极佳的钻石放进一个小小的软皮袋子里。“它们不美吗，奥雷里欧？”她叹了一口气道，“我的老搭档了——不过没什么——它们每件至少值100盾。”

我飞到伊萨卡的典当铺，蹲在金球招牌上四处查看。店铺里空荡荡的，只有一位高个儿、留着胡须，正在研究账本的男人。我判断他就是伊萨卡先生。我走进去，跳上桌子，把两颗钻石倒在账本上。

“多少钱？”我问道。

当他抬头看见是一只鸟在对他说话时，伊萨卡看起来有点儿吃惊，但是他的注意力很快被钻石吸引。他拿起钻石，戴上放大镜，全神贯注地检视它们。最后，他把钻石扔回桌子上，拿起笔继续算账。

“每颗15盾，”他小声说道，“两颗25盾。”

“太遗憾了，”我装作无限惋惜地边说边把钻石装进小袋子里，“真遗憾，我曾听说伊萨卡先生对精品宝石的价值是有所了解的。”

“每颗20盾。”他说道，头都没抬一下。

我愤怒地捡起袋子，准备离开当铺。

“每颗25盾。”伊萨卡又说道，我二话不说继续往外走。

“等等！”他突然大叫一声，看到我停了一下，他继续说，“我看出你是知道这东西的价值的。那么，好吧，你想要多少？”

“每颗150盾，少一个子儿也不行！”我坚定地答道。

伊萨卡先生尖叫着、抗议着，他捧着头，一个劲儿地捋胡子。他变得局促不安，不停抱怨，直到最后我们以每颗钻石100盾的价格成交。

达成交易后，我问道：“伊萨卡先生，我有一个提议，你还需要更多类似的珠宝吗？”

“为什么不呢？多多益善！”他说。

“你从来没和一只鸟做过搭档吧，是不是？”我问道。

“当然没有，”他回答道，“我为什么要和鸟做搭档——多奇怪的想法啊！”

“这是本世纪最棒的想法，”我认真地说，“你有没有意识到城里有成百上千的富有的贵族？你有没有意识到他们有着西班牙特有的粗心大意，任何时候都会把像这样的首饰散放在梳妆台上？你有没有意识到在这个季节里所有的窗户都是洞开的？你有没有意识到，伊萨卡先生，一只鸟可以很轻易地飞进任何一扇窗户呢？对一只绝顶聪明的鸟来说，从各家捡一点儿这样的小玩意儿，并不比捡地上的谷粒困难多少。还有，我必须说明一下，我就是那只聪明绝顶的鸟。”

当铺老板慢慢明白我的意思后，激动得两眼放光，他向我伸出了手，同意与我合作。

“合伙人！”他大声说道，“多好的合伙人啊！城里有大把的珠宝呢！”

我用了5次才把200盾运回王宫。当我把闪亮的金子倒进保险柜时，伊莎贝拉很开心。她已经把另外两颗钻石缝进小袋子里，准备让我拿去典当。

“王后陛下，把它们放回去，”我说，“把袋子给我就可以了。”因为我从自己与伊萨卡先生的谈话里获得了一个新的灵感。

在接下来的三个星期里，无数珠宝从各种达官贵人的府邸里消失，然后莫名其妙地出现在里斯本街伊萨卡先生家的保险柜里。而且每晚我都会往伊莎贝拉的保险柜里倒入更多的金子。

王后不明就里。“奥雷里欧，”她困惑地问，“这些金子都是从哪儿来的？我以为你会当掉我的珠宝，可是你根本一件也没带走啊。”

“为什么要当你的珠宝呢？王后陛下，”我回答道，“你的臣民有那么多珠宝，而且还那么随意地对待它们。”

“但是，”她疑惑地说，“我觉得我已经让我的子民在与摩尔人的战争中穷得叮当响了。他们怎么可能还有珠宝首饰呢？”

“他们瞒着你呢，我亲爱的。”我疲惫地说道。

“他们那里还有大量的珠宝。现在我们休息吧，我已经忙了一晚上了。”

克里斯、伊莎贝拉、卡布雷拉和斯坦吉尔天天忙得团团转——买船，招募人手。我白天睡觉夜晚工作。他们花钱的速度几乎和我赚钱的速度一样快。最后他们宣布所有的准备已经完成，的确只花了1700盾。我从伊萨卡先生那里取走了超过2000盾，所以王后自己还留了几百盾，只有两颗钻石被当掉。

她真的很高兴，不停地向我表示感谢。

“别傻了，王后，”我说道，“我会为一篮子上好的杧果付出双倍的努力。现在您得去给自己买两身新衣服了，您太需要新衣服了，您穿那些补丁衣服真的不合适。您还可以送点儿小礼物给那位小姑娘，她给我们提供了当铺老板伊萨卡的名字。”

克里斯沉浸在幸福里，喜不自禁地说道：“奥雷里欧，我们有一支非常壮观的舰队。当然，这支舰队不是专门为这次辉煌的冒险而打造的，但它必将成为其中不可或缺的一部分。我们有3艘大船：‘尼娜’号、‘品塔’号以及‘圣玛丽亚’号。虽然它们都被虫蛀坏了一点儿，但我们是用极其便宜的价格买到手的。我们有船长、水手、航海家、牧师、一位高级警察、一位历史学家、一位医生，还有你——奥雷里欧，你来担任解说员。现在就缺一位指挥官了。”

“指挥官？”我疑惑不解地问道，“为什么啊，你不就是指挥官吗？”

“当然不是，奥雷里欧，”他表情怪异地回答道，“我不能担任指挥官。我在西班牙有太多的事情要处理。这里才是我该待的地方。你知道的，海洋总司令不会亲自参与这样小的航行。”他没完没了地说着，找了100个他不能去的理由。我听后呆坐在原地，一时什么话也说不出来。

“但是，克里斯，”我反驳道，“国王和王后希望你指挥这次远航；每一个人都希望你去，你不去会毁了整件事的。”

我花了好几小时，试图跟他讲道理，但一切都是徒劳。他的态度很坚决，完全听不进我的劝告。最终，我又累又沮丧地回到女王的床顶棚上，想先睡上一觉。

11

招募海军上将

国王再次召开议会，他的情绪似乎好得出奇。他几乎是欢快地对克里斯说道：“好，好，好，我知道一切都准备就绪了。干得好，干得漂亮。我的确对你非常满意。你准备什么时候出发？什么时候出发？来，过来，不要再耽搁了，别再拖了！你什么时候走啊？”

“陛下，我们的确已经准备妥当，”克里斯说，“现在就剩下一件事，为这次伟大的冒险挑选一位海军上将。”

每个人都吃惊地看着他，费迪南德似乎也大吃一惊。

“什么，什么，什么？”他气急败坏地说，“一位海军上将？一位海军上将？为什么？你就是海军上将啊。我们为什么要封你为海洋总司令？来，来，来，别犯傻了，别犯傻了！”

“不，陛下，”克里斯无力但坚定地回答道，“作为海洋总司令，我的等级不允许我亲自指挥如此小规模的远航，只有3艘船！知道吗，任意一位上将或中将都能胜任！我的职责远超这些。陛下，这只是一个开始。我们要建造完整的舰队，这3艘船无法带回所有的宝藏；我们要兴建码头、设计仓库，用以安置即将运来的金银财宝；我们还要任命新的海军上将，绘制新的地图。我必须监督这一切。陛下，我应该留在这里，留在西班牙。”

克里斯现在变得非常能说会道，最后国王似乎是被说服了，但火气很大。

“好吧，”他咆哮道，“好吧，好吧。卡布雷拉，去给我们带几位上将来挑选。游手好闲的人应该有不少呢！”

卡布雷拉很快再次出现，带来几位上将，然后又出去找更多的来。

第一个来到会议桌前的是胡安·德·拉·塞纳先生，他是比斯开湾和特里尼费岛的上将，一个身材魁梧、长着红胡子的大块头，看上去天不怕地不怕。

但是当我们把航行计划和地图原原本本地展示给他后，他的脸色立马变得比克里斯还要苍白，如果允许，他甚至可能跪在国王面前。

“但是陛下，”他恳求道，“这可是汪洋大海啊，黑暗之海啊，没有人敢去那里冒险。巨蛇和怪兽经常在那里出没，空中到处是令人憎恶的大鸟。骇人的风暴把海水搅得巨浪滔天。不，不，陛下，什么事都行，除了这件事，我愿意为您做任何事情。”

费迪南德脸色阴沉得发黑，他问道：“你拒绝？”

胡安·德·拉·塞纳先生点头。

“你宁肯去坐牢？”国王冷酷地问。

“宁可被关一千次。”

“也许托尔克马达和他的伙计们能够说服你，”费迪南德故作平静地说道，“你应该很熟悉审讯官和他们的手段吧？你更愿意用烧红的铁钳慢慢拔下你的指甲，一个接一个，还是你想吞几颗快熔化的铅球？也许你更愿意在绞架上享受？”

“陛下，至少我死得光荣啊！”上将绝望地哭喊道。

“光荣得身首异

处？”费迪南德一边说着，一边因自己这个可怕的幽默恐怖地笑了起来。

然后，一声愤怒的吼叫传来：“把他带走，托尔克马达，他是你的了。下一个！”

下一个是一位装腔作势的年轻人，衣着华丽。他优雅地走上前，亲吻了伊莎贝拉王后的手，跪在国王面前。

“嗯？这位是上将？”费迪南德哼了一声。

“千真万确，陛下，我是上将，”年轻人有点儿口齿不清，“当然，头衔纯粹只是一个荣誉。我应该是从外祖父那里继承来的。我从来没见过大海，但我曾为王后设计过几件华美的礼服，是吧，王后陛下？”

“带走！”国王咆哮起来，“地牢一间也不要浪费，很明显，我们会用上所有的牢房。下一位是谁？”

接下来的几小时里，下一位接着下一位。上将和准上将川流不息，但是每个人都宁可蹲地牢，接受面色铁青的托尔克马达的惩罚，也不愿去黑暗之海冒险。

最后，卡布雷拉走近国王。“啊，陛下，”他叹气说，“所有符合要求的人都在这里了。现在西班牙所有的上将和准上将不是关在地牢里就是被带到山上去了，再没别人了。”

“呸！”费迪南德怒吼一声，“我竟然有一群如此‘优秀’的上将！我竟然有一支如此‘杰出’的远征军！伟大的冒险，呸！呸！呸！”

他气得直跺脚，愤愤地走出了房间。

12
骑兵上将

那天晚上，我和王后陷入了深深的忧虑。虽然很难说谁更忧心忡忡，但我认为应该是我。

“嗯，我想我的后半生，得学会吃这些恶心的西班牙水果了，并且得学着爱上它们！”我绝望地说道，“我估计自己得放弃所有重返家园的希望，放弃再次见到亲朋好友的梦想，放弃过去舒适温暖夜晚的美妙感觉，忘记曾经——”

“哦，可怜的奥雷里欧，”王后挠着我的下巴说，“你拼命地工作，你做了那么多，你确实是对整个航行计划殚精竭虑、尽心尽责。”

“噢，那些胆小如鼠的上将！”她突然大声喊道，眼睛里燃烧着愤怒的火焰，“他们把一切都毁了！我希望托尔克马达让他们受到应有的惩罚。还有你的克里斯托巴先生，我看他也是个懦夫。说来说去都是他必须留在这儿。我认为他就是害怕亲自去。我还不能强迫海洋总司令亲自指挥这次冒险，他的军衔实在是太高了。”

“我不知道他是怎么了，”我无望地说，“我真的不能理解。我认为他并不害怕那些海蛇什么的，那都是他自己编出来的。但是自从他得到了委任状和那些新衣服后，他就变得完全不可理喻了。我就是搞不明白到底是什么让他变成现在这个样子的！”

我们静静地坐着。墙上的钟滴答作响，时间一分一秒地流逝，我们感到越来越焦急。忽然间，我想到了一个办法。

“听好了，王后陛下，我想我有办法解决这个问题了，”我大声说道，“我们既不能强迫，也不能说服，所以我们必须使用计谋。我的计划是这样的——”

“首先我们必须找一些雄心勃勃、不怕黑暗之海的年轻人。比如那些年轻的士兵——从没在海边待过，也没听水手们说起过大海。您可以任命他为上将，他会自愿去指挥这次远航。您觉得能做到吗？”

“这个简单，”王后急切地说道，“继续说，奥雷里欧。”

“现在，克里斯托巴先生已经为舰队起航精心策划了一个庆祝仪式。到时，陛下和王后以及绝大多数的王室成员、教会首领将会出席。现场会有乐师、仪仗队，当然，还有穿着全新装束的海洋总司令本人。”

“我计划的核心部分是这样的：一上船，我们这位冒牌的海军上将就去诱使海洋总司令来他的船舱商议最后的指令。在他们俩商量时，船长悄悄松开缆绳，扬起一两只船帆。这样，在海洋总司令的指挥下，探险队就出发了。无论他喜欢还是不喜欢，想去还是不想去！”

当我讲完后，伊莎贝拉叫道：“奥雷里欧，我的宝贝！”

“多么完美的计划啊！多么绝妙的主意啊！我多希望你是人类啊！”

“我多希望您是一只鹦鹉啊！”我殷勤地回答，“可您不是，所以我们回到工作上来，我们还有许多事情要做……”

“至于我们要找的年轻人，”我开始说，“我们的冒牌上将。您觉得护卫队队长、您那可爱的小侍女的男朋友如何？她叫什么名字来着？就是在伊萨卡先生的事情上帮助我们的那位。”

“啊，就是他了，”伊莎贝拉高兴地说道，“你好像能看透我的心思，奥雷里欧。我很了解他。他是一个勇敢、有抱负的年轻人。他正在热恋，并且债务缠身。他从未见过船，也没听说过黑暗之海。真是一个完美的西班牙上将!”

“你说的那位侍女是玛丽亚·梅赛德斯·德阿科斯塔小姐。我让她马上把护卫队队长叫来。”

在等待的期间，我继续讲述我的计划。“明天，我们要召开议会确认新的上将。后天，我们必须安排好船长那边的事情。大后天，探险队就该起航了。我们只有三天时间，王后陛下！”

玛丽亚·梅赛德斯·德阿科斯塔小姐带着年轻的护卫队队长，很快就回来了。他看上去完全符合伊莎贝拉的描述，是一个快乐而有魅力的年轻人。

我问他：“你不害怕黑暗之海吗？”

“从来没听说过，”他笑道，“不过我确信那不会比我的债主们更可怕。”

王后详细地对他讲了所要扮演的角色。这似乎更加激发了他的冒险精神，听完后，他单腿跪在王后面前，吻了吻王后的指尖。

他保证道：“我非常荣幸地向您承诺，我一定会达成陛下的心愿。”

“你明白你必须亲自完成整个航程吗？”王后问道，“这次的航行会很漫长，也可能会有危险。”

听到这里，梅赛德斯小姐脸色变得苍白，眼睛瞪得大大的。

“哦不，王后陛下，”她小声说道，“这时间也太长了，好几个月呢。”

“瞎说，孩子，”我说，“几个月算得了什么？你只要想着他很快会回来，给你带回一大堆金子，也许还有一顶缀满珍珠的帽子。”

“他回来后会成为上校，”王后说，“皇家卫队的上校。”

听到这里，年轻的队长为了掩饰心中的快乐，向王后深深地鞠了一躬。但梅赛德斯小姐眼里满是伤心的泪水。

第二天，议会举行的时候，我们年轻的护卫队队长出现在众人面前。他身着西班牙上将鲜红色的披风，光彩照人。

“这是谁，这是谁？”费迪南德急忙问道，“不要告诉我，我们有上将愿意参加这次远航。别跟我说这个。我不相信！我不相信！这个年轻人到底是谁？他是谁？从来没听说过他，他是谁？为什么没人告诉我他是谁？”

“他是曼努埃尔·尼科西亚上将，陛下，”伊莎贝拉缓缓说道，“他不只是愿意，而且非常渴望指挥这次非凡的冒险，为了西班牙的利益和荣誉。”

“好极了，好极了！”国王大声说道，“崇高而美好的精神，青春的热血——正是我们所需要的。太棒了！太棒了！他什么时候出发？”

“只等您恩准，陛下！”我答道，“探险队将在后天，8月3日从帕洛斯港起航。克里斯托巴·哥伦总司令已经安排好了相应的仪式。”

“好，好，”费迪南德说，“我们到时也会去的。每个人都会去那里。当然，当然。散会！”

13

我们出发了

1492年8月3日早晨，一支豪华气派的船队沿着山间的河流逶迤而下，驶向帕洛斯港。

最前面的那艘船上是皇家护卫队。接下来的那艘船里乘坐着数十名身穿华丽长袍的教堂显要人物，以及一大群手持香炉、摆动着身体的祭坛侍者。第三艘船上，有正在吟唱着赞美诗的著名唱诗班，还有更多的祭坛侍者众星拱月般围绕在尊贵的西班牙国王和王后身边。

海洋总司令克里斯托巴·哥伦先生，身着耀眼的礼服，骑着一头帅气的白骡子，立在国王和王后的右手边。我们身后是一大群宫廷乐师，再往后就是整个西班牙王室。船舱里满是眉开眼笑的贵妇，她们大多数由骑着宝马、盛装披挂的西班牙贵族或骑士护送。不过，很显然，所有的上将都缺席了。

当船沿着水路缓缓移动时，我坐在克里斯的肩膀上，回头就能看见岸边五颜六色的围观的人群，看见人们佩戴的金银珠宝在阳光下熠熠生辉。前方就是下游的帕洛斯小镇，那里有红瓦房和深蓝色的海港。探险队的3艘小船，“尼娜”号、“品塔”号和“圣玛丽亚”号，停靠在码头边，水手们系紧了缆绳。

对克里斯来说，这是他长期跋涉和贫困生活的顶峰，也是他追逐梦想的最佳结果。当他一本正经地向夹道欢迎的人群点头致意时，他似乎有一点儿被幸福和骄傲冲昏了头。

对我来讲，手头有太多的事情要考虑，根本无暇顾及眼前这场庆典。我快速地回想了一下昨天我和伊莎贝拉王后所做的一切。

我们一直在指挥年轻的骑兵上将排练，直到他完全掌握好他的角色。我们已经会晤了3艘船的船长，告诉他们我们的出行计划。我们还跟他们强调一定要在看到我的信号后，悄悄地解开缆绳，离开码头时绝不能有丝毫的混乱场面出现。

王后还用手指优雅地轻划喉咙，作为提前警告。

与此同时，她婉言警告道：“先生们，到时绝对不能有任何差错啊。”

船长们闻言，额头上微微冒出冷汗，纷纷向女王陛下保证，绝对不会出问题。

因为还有很多细节需要处理，直到深夜，王后才有时间向我道别。

“亲爱的奥雷里欧，现在我要对你说再见了，”她说，“明天就没机会说了。我会非常想念你的，你是我真正的朋友。当你回到家，住在深爱的丛林里时，一定要想念我们呀。”她握了握我的爪子，然后在我的脖子上挂了一个吊坠，上面刻着“伊莎贝拉留念”。

到了帕洛斯，码头上到处都是骑兵队，很快他们就登上了

我们3艘船的甲板。唱诗班唱着赞美诗，乐师们演奏着音乐。与此同时，教会的首领们开始为远航进行漫长的祈福仪式。

我们年轻有为的曼努埃尔·尼科西亚上将正在出色地扮演他的角色。他四处奔走发号施令，然后又取消命令，他成功地塑造了一位忙碌的海军上将的形象。我与克里斯、国王和王后在一起，站在“圣玛丽亚”号的后甲板上，身边围着一群朝臣。我看见每根缆绳边都站着两名警觉的水手，航海家胡安·德·拉·科萨，像老鹰一般警惕地注视着他们的一举一动。这让我放心许多。

到现在为止，牧师们已经为远征队、官员、船员和船只祈了福。他们还为起航、食物、旗帜、桅杆祈了福。眼下正在为船锚祈福。我明白这是仪式的最后一个环节。我向曼努埃尔·尼科西亚打手势，他立刻走到后甲板，来到我们这里。

他向国王和王后施礼后，说道：“尊敬的哥伦总司令阁下，在我们起航前，我还有几个关于航行方向的问题想和您仔细确认一下。不知总司令阁下可否屈尊到我的船舱来一下呢？”

克里斯不想错过任何庆典，正当他犹豫不决的时候，王后发话了：“亲爱的总司令，无论如何，一定要确保万无一失。不能让任何错漏毁了这次伟大的探险。”她一边笑着一边有意无意地用手指在喉咙上顺着金项链的轮廓来回抚摸。克里斯见状，立刻去了船舱。

他一离开，王后立即抓着费迪南德的胳膊向跳板走去。

“干吗，干吗，干什么啊？”国王急切地问道，“去哪里啊，喂！”

“嘘！”伊莎贝拉嘘了一声，“立即上岸，不要发出声音。不要再问愚蠢的问题，也不要被绳子绊倒！”

只见她一个手势，群臣们都踮着脚尖静悄悄地上了岸。我扫了一眼“尼娜”号和“品塔”号的甲板，确信宾客们都走干净了。水手们站在船缆边，三位船长紧紧地盯着我，等待我的信号。

我跳上天窗，向巨大的尾舱里看去。克里斯和曼努埃尔·尼科西亚正在一堆图表前热烈地讨论着。我尽力舒展身体，展开双翅缓慢地上下挥动。水手们一看到这个信号，立刻像猫一样安静、迅速地解开缆绳。退去的潮水轻柔地拉着我们，渐渐远离码头——我们出发了！

我迅速向天窗大叫：“克里斯，还有的是时间，国王才刚开始演讲。”

幸亏我想到了这个办法。由于围观的人们看见我们的船出发了，纷纷大声庆贺。与此同时，音乐响起，唱诗班大声吟唱，接着礼炮轰鸣，教堂的钟声一声高过一声。

“估计是国王！”克里斯正专心研究他的地图，“我在下一个演讲，对吗，奥雷里欧？”

“是的，克里斯，”我回答道，“但是轮到你讲还有很长很长的时间呢。”

快速平稳的潮汐带着我们远离了港口。当我再次向胡安·德·拉·科萨发信号时，远处帕洛斯城的白色围墙已经变得越来越小。他手下的水手们立刻轻手轻脚地升起两面小船帆。温柔的海风鼓起风帆，我们加快了速度。

当我们靠近海湾口时，我跳进船舱，克里斯和年轻的护卫队

队长还在研究图表。

就在这时，“圣玛丽亚”号遇上了第一个大浪，船明显地摇晃起来。

克里斯的脸色突然变得像死灰一样苍白。他像盲人一样摸索着走到舷窗边。当他呆滞的目光落在远处帕洛斯港的灯塔上，以及我们身后正鼓足风帆、乘风破浪前进的“尼娜”号和“品塔”号时，他发出了绝望的哭喊。

“背叛！”他哽咽道，“背叛——啊呜——”

那就是他在接下来几天里说的最后一个词。我们帮助他回到床上，并叫来了侍者。

他晕船！克里斯托巴·哥伦先生，海洋总司令，竟然是世界上晕船晕得最厉害的人！现在我终于明白他为什么犹豫和反对亲自挂帅远航了。现在我终于了解他为什么想尽了办法要留在西班牙了！

“原来是这样，”我对曼努埃尔说，“这就是他为什么不愿接受任命的原因了。好吧，看起来我们伟大的探险似乎有两位伟大的海军将领，一位晕船，另一位是骑兵。幸运的是，大家还有奥雷里欧。”

14

愉快的冒险

克里斯托巴·哥伦总司令的航海日记里记载着这次伟大的探险，经历了一系列没完没了的狂风暴雨，船上的生活极端困苦，是一次极度危险的远航。而我得说那些可怕的危机和暴风雨，绝大部分都是他自己想象出来的。就我而言，这似乎更像是一场愉快而有趣的冒险。

一阵舒适的海风引领着船队劈波斩浪，滚滚向西前进。我们已经把帕洛斯港远远地甩在身后。这时，胡安·德·拉·科萨船长有事前来向上将汇报。他犹豫地扫了一眼有气无力的克里斯，说道："我该向哪位上将报告呢？"

"还是跟我说吧，"曼努埃尔·尼科西亚笑着答道，"但是你应该很清楚，我并不是真正的上将，就像你不是蜂鸟一样。这里有一些你应该能看懂的图表和航行线路图，我是看不懂的。在克里斯上将康复前，你们几位船长一定得通力合作。"

"感谢上苍，"德·拉·科萨虔诚地说道，"这是我生平第一次遇上的没有上将碍事的远航。指令很简单，在我们到达前，只要朝着落日的方向航行就好。真是万分感谢啊，阁下。您不用担心，我们会处理好一切的。”他拿着图表，愉快地出了门。

“那么好吧，奥雷里欧，”尼科西亚上将笑着，抬起脚站在凳子上，“我们辉煌的冒险看起来开头不错啊。还有，顺便说一下，以后你叫我尼克好吗？我实在不想被称为‘上将’‘阁下’什么的。”

船缓缓前进，柔和的微风吹拂着窗帘，灯光随着波涛起伏舞动，这让我打起了瞌睡。毕竟，我已经辛苦操劳了三个星期。我刚刚入睡，德·拉·科萨又进来了。

“万分抱歉，阁下，”他说道，“我们刚发现有人偷渡。他似乎是一个孱弱的年轻人。我们从来没招过他这样的水手。阁下打算怎么处置他？”

“把他带进来，”尼克睡眼惺忪地说道，“让我们见见他。”两名水手推着一个身材纤细、面色苍白的男孩儿进来了。

“好了，好了！”尼克粗声命令道，“你是谁？你怎么上来的？你想得到什么？过来，过来，说出来，小子，快说出来！”

年轻人想说却说不出话来，黑色的眼里噙满泪水。突然，尼克叫了起来：“梅赛德斯！”

我飞到站在甲板上不知所措的胡安·德·拉·科萨身边解释道：“长官，你的偷渡者似乎是玛丽亚·梅赛德斯·德阿科斯塔小姐，女王陛下的贴身侍女，托莱多主教区麦地那锡多尼亚公爵的外甥女。”

“天哪！”领航员叫道，“刚才我差点儿鞭打他，哦，不，是她。”

当晚他们举行了婚礼。我相信，这是在黑暗之海举行的第

一场婚礼。（我无法想象，为何这片美丽的海洋会有这样一个不祥的名字。）和风渐止，3艘小船静静地浮在海面上，沐浴着8月金黄色的月光。

小艇送来了“尼娜”号和“品塔”号的客人。贡萨洛·戈麦斯神父主持了婚礼庆典。高级警官也来了，还有所有的船长和引航员：马丁·阿隆佐·潘松、弗朗西斯科、维森特·扬斯·潘松、佩特罗·阿隆佐·尼诺。每一个有乐器的，或是会演奏乐器的船员都来了。

梅赛德斯小姐溜上船的时候，带了一包女性的服饰，现在已经穿戴妥当，打扮得体。与此同时，身着大红色上将披风的曼努埃尔·尼科西亚也收拾停当，成了一名喜气洋洋的英俊新郎。胡安·德·拉·科萨船长坚持认为自己有权在婚礼仪式中将新娘交给新郎。“还会有谁比我更合适？”他开怀大笑，“是我的人发现了她，谁找到她谁就有这个权利。”

只有一位大人物没有参加婚礼，他就是海洋总司令大人。可怜的克里斯还躺在床上，苍白的脸上显出痛苦的模样。

所有的船员都得到了额外的葡萄酒配给。婚礼结束后礼炮齐鸣，向上将致敬；船上铃声响起，乐师们奏出美妙的旋律。庆典一直持续到深夜。

远航就这样愉快地开始了，我们在同样欢乐的气氛中度过了8月和9月。我一直觉得这完全是因为我们幸运地遇上了梅赛德斯小姐。她把热忱、快乐的情绪传播到整个船队。如果没有她，我敢说整个探险必定会失败。

梅赛德斯小姐从早忙到晚，与水手们聊天、照顾病人、浆洗缝补，又是笑又是唱。天气允许的时候，她会划船去“尼娜”号和“品塔”号，探望生病的船员。她到厨房与厨师们交谈，于是食物变得越来越可口。她拿来一把吉他边弹边唱，唱那些古老的民谣《利昂和卡斯蒂利亚》《阿拉贡和格拉纳达》。每到这时，船员们都会坐下来聆听，张着嘴惊叹不已。

她甚至还协助克里斯治疗他的晕船症。她根据克里斯的口述，帮他填写航海日记。她打开舷窗，让新鲜空气吹进船舱，这样做会使人觉得舒服许多。她鼓励他进食，经常跟他说起正在等着我们的财宝，以及返回西班牙后属于他的荣誉和荣耀。

梅赛德斯小姐做得非常好，几个星期后克里斯就能坐起来吃一点儿东西了。到了9月底，他甚至大着胆子去了甲板。明媚的阳光和清新的空气会让他的身体很快好起来。只要大海风平浪静，不久他就会找回以往的自信。

曼努埃尔·尼科西亚也是一个积极的、对大家非常有帮助的人。胡安·德·拉·科萨船长向他传授了所有的航海知识，不久，他就成长为一名出色的航行大师。他始终精神饱满，待人接物彬彬有礼，深受水手们的喜爱。

但是到了11月的第一个星期，所有的人都开始变得焦虑起来。我们已经向西航行了两个多月，仍然没有见到陆地的踪迹。我们日复一日在空旷的地平线中间航行。日复一日太阳在我们醒来时直直地升起，在我们前方笔直地落下。船体接缝处的沥青因为受热变得黏糊糊的。每到下午，天空中云层堆积如山，然后消失。一切都和前一天一样。每过一天，我们就更加远离已知世界，更加接近未知。

食物不断减少，酒几乎喝光了，连淡水也匮乏了。水手们变得闷闷不乐。他们不想再听梅赛德斯小姐唱歌，他们接受指令时也变得磨磨蹭蹭。

现在轮到我出场来制止一场即将发生的叛乱，否则很可能会给探险带来巨大的破坏。一天晚上，我正在绳索上睡觉，一群水手在主桅杆阴影下窃窃私语，我被他们吵醒了。

我悄悄地跳下去听他们谈话，当我听明白他们要做什么时，我吓得目瞪口呆，仿佛血液都要凝固了。

这是叛乱啊！显然，他们认为克里斯是个疯子，前方根本不会有陆地，我们注定会这样无休止地航行下去，直至可怕的毁灭。他们所有人都拿着刀、举着绞盘棒，甚至当时就要去攻击他们的长官，把克里斯扔到海里，然后返回西班牙！

我赶紧飞到尾舱把这万分危急的事情告诉了尼克和船长。梅赛德斯小姐听闻后脸色苍白，克里斯把头埋在被子里。而曼努埃尔·尼科西亚则迅速地把骑兵军刀绑在腰间，胡安·德·拉·科萨也捡起一把弯刀。他身形高大，黑色的胡须因警惕而竖立起来，准备好迎接一场恶斗。

“不，先生们，不，”我说道，“如果我们能避免，就不要发生流血冲突。这件事交给我奥雷里欧吧。”

我静悄悄地飞上桅顶的横木，然后躲起来，看着下面的甲板。我来得正是时候。反叛者分成两队，正蹑手蹑脚地向尾舱前进。

我深吸一口气，用深沉浑厚的嗓音吼道：“放下武器！你们都被发现了！”

他们惊恐地四处张望，但不见一个人影。我再次叫道：“立即把武器扔到海里去，否则到太阳升起时，你们每一个人都会被吊死在桁端上!”

就在这时，尼克和胡安·德·拉·科萨从船舱过来了。叛贼们慌忙把刀子和棍棒扔进海里，激起一连串噼里啪啦的水声。

胡安·德·拉·科萨像猫一样无声无息地走到叛乱主谋跟前。

轻轻抓住他的衣领问道："那是什么声音？那些水声是怎么回事？"

"没事，船长，什么事也没有，"那个惊慌失措的水手颤抖着回答道，"是鱼，对，我确定——就是鱼。"

"鱼，哈，鱼，"德·拉·科萨小声重复几声，"可怜的鱼一定是饿坏了。"德·拉·科萨抓着叛乱主谋的脖颈，轻松地把他拎了起来，向船边的围栏靠近。"我们要不要喂喂这些可怜的鱼呢？"他冷冷地问道。然后他突然吼叫起来："回老家去吧，浑蛋！"于是，这个吓得浑身瘫软的叛乱主谋被扔进了大海里。

水手们吓坏了，赶紧溜走，叛乱终于被平息了。

这场叛乱虽然过去了，但是船上所有的人都越来越焦躁不安，越来越沮丧。我日复一日地在3艘船之间奔波，告诉他们每一个充满希望的征兆。夜复一夜，我给他们讲家乡的金银珠宝，鼓励他们坚持下去，累得骨头都快散架了。

不过我清楚地知道，我们的航行就要到头了。因为海洋开始

呈现出一种深邃的蓝色，一种加勒比海特有的蓝色。我们艰难地通过了萨拉戈萨，途中连绵不绝的水藻给航行带来了极大的困难。当然，这一点在我小时候就司空见惯了。还有，夜晚的星空也变得熟悉起来。一天清晨，人们看见从西北方飞来一只笨拙的鹈鹕。

我飞出去，跟着它飞了一段。鹈鹕是一种愚蠢的鸟，当然不会说话。但我还是赶紧飞回船上告诉大家，那只鹈鹕是昨天才离开陆地的。这给了大家莫大的鼓舞。

当晚我栖息在桅杆顶时，甚至偶尔可以嗅到一丝极其微弱的热带丛林的气息。

在另一个晴朗的白天，我正要飞往“品塔”号，忽然发现海面上漂着一个绿色的东西。我俯冲下去想看个究竟。这一看不要紧，我的心怦地跳了起来。因为这是一根杧果枝，上面还连着一个杧果呢！我高兴地大叫，带着杧果枝飞回“圣玛丽亚”号。在对惊奇的船员说话前，我狼吞虎咽地把这颗又咸又干瘪的杧果吃了个精光。

“克里斯，这是杧果！”我喊道，“你明白吗？它还是新鲜的。我们离陆地不远了。”

“陆地!”克里斯闭着眼睛嘟囔道，“陆地，噢，陆地！如果我能再次踏上陆地，我绝不会再离开它半步。”然后他叫道：“最先看见陆地的人，奖励一万金币和一件丝绸披风！”说完，他又开始脸色发青，跌跌撞撞地回到床上躺下了。

那一晚我还是在桅杆顶上休息，我可以清楚地嗅出热带丛林的气息！我能闻到陆地的味道！

突然，前方海天相接的地方，我看见有一个细小的光点。

我一跃而起，向它飞去。不一会儿，我就看见了沙滩模糊的轮廓。那个光点是篝火。围绕着篝火的，是我亲爱的印第安人，他们整个部落都在安详地熟睡着。

哦，树顶散发出迷人的芬芳，迎接我的到来。哦，午夜柔和温暖的空气！我高兴得快晕过去了。但我只停了一小会儿，摘了一个金橘就赶紧飞回船上去了。

我绕着3艘船边飞边声嘶力竭地喊着。我尖叫着俯冲到“尼娜”号上喊：“陆地！”我又飞到“品塔”号上喊：“陆地！陆地！陆地就在前方！”“陆地，克里斯，陆地！陆地，尼克，陆地！”狂喊之后，我精疲力竭地摔在“圣玛丽亚”号上，一动也不能动。

船上的人们喧闹起来。大炮轰隆作响，船铃响个不停。水手们高兴得手舞足蹈，相互拥抱，高声呐喊。胡安·德·拉·科萨船长打开最后一桶酒，梅赛德斯小姐喜极而泣。

在所有的喧闹中，唯一沉默的人就是海洋总司令大人。在喊完一声“陆地”后，他的脸色比往常更难看了，扑通一声倒在甲板上不省人事。

15
伟大的探险家

黎明时分，船队停泊在一个美丽的绿色小岛上。我在抛锚前就飞上了岸，再次回到树顶的感觉妙极了，吃着丛林里成熟的水果，在凉爽清澈的小河里洗澡是多么快活！

我叫醒了印第安人，要了一点儿“克莱卡司”，回答了一堆问题。他们是渔民部落，不是很聪明。但是通过他们，我了解到这是瓜纳哈尼岛，离我的故乡还有许多英里的路程。不过，途中有数量众多的小岛，我可以借助它们轻松地飞回家。

“太让人欣慰了！终于快到家了，”我边说边飞到树顶看了一眼船队。太阳升起来好一会儿了。虽然船上有人们活动的迹象，但到现在还没有人上岸，所以我决定飞回“圣玛丽亚”号一探究竟。

船上混乱不堪——到处是愤怒的人群。水手们闷闷不乐地站在一边。胡安·德·拉·科萨船长扯着胡须，尼克气呼呼地在甲板上走来走去。

“太荒唐了，奥雷里欧，”船长突然爆发了，“太荒谬了。我们已经在这些小船上困了两个多月，现在我们还要在这里等上好几小时，等他换好愚蠢的衣服，准备好‘恰当的仪式’。谁在乎仪式？我就想洗个澡！”

就在这时，克里斯穿着我曾见过的最华美的服饰从船舱里出来了。他后面跟着皇家历史学家、高级警官，一些抬着卷轴和旗帜的杂役，几名穿戴着厚重盔甲的重骑兵。他们庄严地上了小船，划向岸边。我飞到一棵树上看他们登陆。

克里斯骄傲地站在领头的船上。快靠岸时，几名水手跳下水，把船推到沙滩上。接着海洋总司令上了岸，成为第一个踏足新世界的白人。

船队的大炮轰鸣，乐师们吹起喇叭。吓坏了的印第安人急忙躲进丛林里。当水手们祈祷、唱赞美颂时，克里斯把佩剑插入沙滩里，以西班牙国王费迪南德和王后伊莎贝拉的名义，大声宣布取得这块土地的所有权。

人们急于去森林探索，采集水果，去清澈透明的浪花里畅游。然而克里斯却让大家僵直地站在那里，听他发表没完没了的演讲。

一个高高的十字架立在了沙滩上，旁边是利昂、卡斯蒂利亚和阿拉贡国的国旗。水手们还竖起一个木支架，上面撑着一顶深红色的帷帐。帷帐下面放着一把豪华的椅子，是专门为海洋总司令准备的。

船员们拿来大量的篮子和一套天平秤。克里斯坐好后，一本正经地向船长们做手势，示意他们上前听他号令。

“你们的人现在就去收集金子和珍珠，”他说道，“要确保把每一块都带到这里来给我。高级警官负责对所有的财宝称重，皇家历史学家记账时仔细一点儿，特别要注意记好属于我的那八分之一。”

“你们可以去通知当地的首领了，就说海洋总司令现在很乐意接见他们。”

我厌倦了烦琐的程序，忍不住睡着了，一连几小时都没醒。醒来后我吃了一些金橘，就去了海滩漫步。

我看见水手们像突然放学的孩子们一样，从船上蜂拥而出。他们在水里洗澡，叫喊，洗衣服，采集水果，大笑，试图

和腼腆、友好的印第安人交谈。

克里斯看上去心情并不太好。他坐在红色的天鹅绒帷帐下，穿着毛皮绲边的上将披风，热得奄奄一息，身边两名闷闷不乐的重骑兵正在站岗。他僵直地坐在一点儿也不舒服的椅子上，看起来有点儿像伊莎贝拉在接见到访者。但这里仅有的到访者就是一些海鸥和两名蹲在沙滩里的印第安首领。他们嘻嘻哈哈的，试图回答克里斯的问题。装金银财宝的篮子全部是空的，历史学家正守着空白账本打瞌睡。

还没等我开口，克里斯瞪了我一眼，气呼呼地问道："你为什么没来参加我的登陆仪式？你竟敢比海洋总司令先上岸？"

"怎么了，克里斯，"我说道，"我不明白——"

"你要称呼我为'阁下'，"他严厉地说，"作为这片陆地的总督，我拥有这里所有生命的生杀大权，包括印第安人和鹦鹉的生命。如果你再敢无礼，我就用链子把你拴起来！”

我几乎不敢相信自己的耳朵。“用链子拴住我？我？为什么，克里斯？太阳把你晒昏头了吧！”

“我再也不能容忍任何欺骗和背叛了，”他叫喊道，“哪里有金银财宝？哪里有珍珠？你号称已经教会我说印第安语了，但我说的话，这些咯咯直笑的白痴一句也听不懂。他们没有金子，甚至连一件衣服也没有！”

他说话的语气把我给气坏了，我也发火了。

“现在你给我听着，杰出的阁下大人，或者你想叫自己什么都可以，”我回敬道，“这里没有金银是因为你根本还没到达金子国。我告诉过你的，这个小岛没有财宝。这些印第安人都是头脑简单的渔夫，他们听不懂也不会说我教你的方言。他们对金银财宝不感兴趣——他们除了嘲笑你，对你也同样不感兴趣。往西航行四五百英里才是金子国，你得通过一片汹涌澎湃的海洋，我希望你能好好享受。”

我一怒之下飞走了。后来，我看见尼克和梅赛德斯小姐正在丛林后的小溪里洗澡。

“哦，奥雷里欧，”梅赛德斯小姐喊道，“你去哪儿了呀，克里斯托巴先生怎么了？他从上岸的那一刻起，就忘记了晕船，变得不可思议。那么装腔作势！那么讲排场和架势！唉，我认为他可能是疯了！”

“认为！”我哼了一声，“我早就知道。”然后我就把当前的位置和金子国的所在地告诉了他们。“但是他不会再坐船去那里了，”我补充道，“但凡能有一丁点儿办法，他就绝不会再坐船，哪怕只航行一英里。”

“可怜的奥雷里欧，”梅赛德斯小姐说道，“是你让这次远航变成了可能，你辛苦工作了那么久，做了这么多事情，只是为了回家——而你现在还没有回到家里呢。”

“哦，没关系，”我回答道，“从这里到我家还有一连串的岛屿，我飞过去很容易。我担心的是我曾向你和尼克保证过会得到大量的金子和珍珠。对了，至少我能把自己挣来的一万金币和一件丝绸披风给你们，那是奖给第一个看见陆地的人的，真是太好了。”

但是，就连这么点儿令人愉快的事情也被拒绝了。当我们回到海滩，我向克里斯索要奖赏时，他竟然当面嘲笑我。

“奖赏，”他不悦地讥讽道，“是给第一个发现陆地的人的。你觉得你是个人吗？荒谬！那奖赏是给我的，海洋总司令克里斯托巴·哥伦先生，伟大的指挥官克里斯托巴先生。”

我对他华而不实、自命不凡的做派已经忍了很久，实在忍无可忍。我飞到一根安全的树枝上，准备反唇相讥、一吐为快。

“晕船上将！”我嘲笑道，“你还真是个伟大的指挥官啊！是谁第一个告诉你有这片土地的？是我。是谁让你在王宫得到召见的？是我。是谁让你当上总司令的？是我。是谁为这次远航筹的款？是我。是谁第一个看见陆地的？是我，我，奥雷里欧！”

“好啊，你在这儿，一个没有黄金、没有白银，也没有珍珠的小岛上。你既害怕继续航行，又不敢回去。我估计你会一直待在这儿，在你的红帷帐下，汗流浃背地度过后半辈子。我受够了，我要回家了。我不能空着手去面对费迪南德和伊莎贝拉——或是托克尔马达！现在就让我们看看，没有了奥雷里欧，你还能做什么。快来用链子拴我呀！”说完，我头也不回地飞进了丛林。

我轻松地从一个岛飞向另一个岛，几天工夫就回到了家中。

我受到了热烈的欢迎！远近的亲朋好友们都聚集过来向我祝贺，我只好把自己在外漂泊的经历说了上千遍。我不说话的时候就是在吃东西，好像怎么吃也吃不够。

但是在接连数月的狂欢和宴请后，我开始感觉有点儿愧对尼克和梅赛德斯小姐了。毕竟，我向他们保证会得到金子和珍珠。我还保证过他们一定会返回西班牙。

于是我从各种相识的印第安人那里，收集了一袋硕大的珍珠和一些金块。然后，我和一群渴望见识大船的同伴们飞回瓜纳哈尼岛。谁让我之前讲了许多船上的事儿呢。我自己也想知道伟大的冒险到底进展如何。

我们到了岛上一看，远征队还在那儿，但是“圣玛丽亚”号在沙洲上毁坏了。海滩上肮脏无比，到处是烧完的篝火堆和垃圾。所有的印第安人似乎都逃进了丛林。我在尼克和梅赛德斯小姐最喜欢洗澡的地方找到了他们。

“奥雷里欧!”她哭喊道，紧紧地拥抱我，“我们亲爱的奥雷里欧，你终于回来了！”

“并不太久啊，”我说道，“你们好吗，远征队怎么样了？”

“糟透了，”尼克说，“非常糟糕。克里斯托巴先生一天比一天古怪。他就由着“圣玛丽亚”号在沙洲上坏掉，他自己成天穿着上将服在天鹅绒帷帐下坐着，任凭蚊子和沙蚤叮咬。”

“这三个月来，我们一直在这里等着，等他决定到底是继续探险还是回去。他所找到的财宝就是一把金子和一些印第安人做的石箭头。我猜我们会坐在这里度过余生了，西班牙还有一匹马和一份上校任命在等着我呢。”

梅赛德斯小姐看起来要哭了。“哦，奥雷里欧，”她伤心地说，“我就想回家。你还记得你在西班牙有多想家吗？我现在的感觉就和你那时一样。我想回家！”

“好了，孩子们，好了，”我说道，“伟大的组织者，老奥雷里欧又要开始忙活了。现在打起精神来，我要让克里斯做出决定。顺便说一下，这里有一点儿东西是给你们留作家用开支的。说完，我扔给他们一包珍珠。

“但是奥雷里欧，”梅赛德斯小姐震惊地喊道，“这些是无价之宝啊！它们价值连城！我们不能要。”

“你们最好还是拿着，”我说，“这些对我没用，我不玩弹球。不过不要让克里斯看见，他会要走八分之一——或许更多。”

我发现克里斯还坐在帷帐下，帷帐现在已经严重褪色了。他看起来也憔悴许多，人瘦得厉害，身体被蚊虫咬得不像样。准备用来装财宝的篮子依旧在那里空着。我真为他感到难过，真的。

“好了，克里斯，没了奥雷里欧，你干得可真不怎么样，不是吗？”我还算客气地说道。

他没有回答，似乎快崩溃了。

“噢，奥雷里欧，糟糕透了，”他轻叹道，“我就是不能继续航行，你知道我的弱点，而且我也不敢空手回去。我整晚都睡不着，满脑子都想着托尔克马达。我该怎么对伊莎贝拉说呢？费迪南德会怎么称呼我？”

“如果你把事情做对了，”我说，“他会称你为伟大的发现者。现在听好了，克里斯，先忘记财宝。这里有一袋金块，把它交给伊莎贝拉，告诉她这只是样品。”

“但你必须告诉他们你已经发现了新世界。告诉他们你发现了美洲！你要带上大量的植物、甜土豆和烟草，以及诸如此类的东西。带些鸟和动物，带些水果和鲜花，再带一些印第安人回去。告诉他们你已经发现了世界上最伟大、最富裕、最肥沃的陆地！”

“嗯，他们会把你当成英雄。他们会一直把这次远航当成最伟大的探险。世界各地都会有你的纪念碑，还会有以你名字命名的城市、街道，甚至假期！”

我说着说着，他渐渐振奋起来。我看见他已经开始筹划新的服装和装饰品了。

“也许你是对的，奥雷里欧，”他终于说道，“看起来，你总是对的。你觉得伟大的发现者穿绿色的合适还是橙色的合适呢？”

两天后，剩余的远征队向西班牙进发了。我和我的伙伴们在“尼娜”号和“品塔”号上空盘旋，向船上所有的老朋友——胡安·德·拉·科萨，马丁·阿隆佐·潘松以及其他人道别。梅赛德斯小姐开心地向我挥手。

只是克里斯不见人影。曼努埃尔·尼科西亚指指船舱，做了一个嘲讽的手势。

“海洋总司令！”他戏谑地喊道，“伟大的发现者——呸！”

我们目送着他们向升起的太阳缓缓驶去，我的一个同伴问：“我很想知道克里斯会不会再回来，他会不会真的发现点儿什么呀？”

“他就是回来，我也不会感到惊讶！”我边说边挑了一个多汁的杧果，“我觉得他会回来的，如果伊莎贝拉能说服他，伊莎贝拉可是一个劝说高手。”

—完—